科幻
Science Fi

感同身受

柒武·著

科幻立方
文库本

天津出版传媒集团
百花文艺出版社

图书在版编目（CIP）数据

感同身受 / 柒武著. -- 天津：百花文艺出版社，
2024.1
ISBN 978-7-5306-8701-7

Ⅰ.①感… Ⅱ.①柒… Ⅲ.①幻想小说-中国-当代
Ⅳ.①I247.5

中国国家版本馆 CIP 数据核字(2023)第 244987 号

感同身受

GANTONGSHENSHOU

柒武　著

出 版 人：薛印胜	
选题策划：成　全	**责任编辑**：孙　艳
装帧设计：丁莘苡	**营销专员**：王　琪

出版发行：百花文艺出版社
地址：天津市和平区西康路 35 号　**邮编**：300051
电话传真：+86-22-23332651（发行部）
　　　　　　+86-22-23332656（总编室）
　　　　　　+86-22-23332478（邮购部）
网址：http://www.baihuawenyi.com
印刷：天津鸿景印刷有限公司
开本：710 毫米×1000 毫米　1/32
字数：63 千字
印张：10.5
版次：2024 年 1 月第 1 版
印次：2024 年 1 月第 1 次印刷
定价：35.00 元

如有印装质量问题,请与天津鸿景印刷有限公司联系调换
地址:天津市武清区梅厂镇财源路 1 号
电话:(022)29300192
邮编:301701

作者简介

柒武

新锐科幻作家，2021 年凭借《真实表演》获得第十九届百花文学奖·科幻文学奖。在网易云阅读·等一个故事和光年奖·原创科幻征文大赛中亦有斩获。代表作还有《太空中的抹香鲸》《神迹：僵死定律》《忒修斯之躯》等。

目录

当镜像神经元于二十世纪九十年代在大脑中被发现时，连里佐拉蒂等发现者都预料不到，它将在下一个世纪产生多么深远的影响。

"镜像神经元之于心理学，犹如DNA（脱氧核糖核酸）之于生物学——它们将提供一种统一的架构，有助于解释许多迄今为止仍不可琢磨并且难以给出实验检验的心智问题。"著名神经科学家维莱亚努尔·拉马钱德兰曾如此评论道。

此外，他还认为镜像神经元可能在模仿及语

言习得中起到了重要作用，催生了文化和文明，甚至是人类飞跃式进化的原动力。

　　然而由于道德伦理和技术限制，该领域早期的研究一度十分缓慢，直至康斯坦丁实验室实施了极具争议的人体实验后，才迎来革命性飞跃，诞生了几乎影响整个世界的镜像神经重塑术。

01

索尔吃完早餐后等了许久,堂兄利奥终于推开了门。

　　"准备好了吗?"利奥剔着牙靠了过来,脚上的人字拖吧嗒吧嗒作响。

　　索尔按捺住不耐烦,站起来回道:"准备好了。"

　　"哎呀,瞧我这记性,好像一直忘了和你说,欢迎回家,亲爱的老弟。"利奥热情地给了索尔一个紧紧的拥抱,"最近的事情挺多的,一票人在拖欠'秩序税',绿鸦那帮人又整天在我们的地盘边上晃,不知道在打什么主意。这个节骨眼上,真的很需要信得过的家人来帮忙稳住局面。"

"唔——"索尔含糊地应道。

"好了,准备出发。"堂兄拍了拍索尔瘦削的肩膀,顺手从餐桌上拿了个苹果,带着他出了门。

外头的天气很好,太阳晒在手臂上火辣辣的,索尔有些后悔没有穿上长袖衬衫。堂兄却只是穿着松松垮垮的短袖花衬衣,完全不在乎阳光的暴晒,边啃着苹果边大摇大摆地走在路中央。

"对了,老弟,你在大学里学的什么?"

"会计。"

"会计,不错,不错。那你算术肯定很好,到时候你得给我们好好算算账。跟你说,我觉得现在每周收上来的钱不少,可好像一点也不禁花。我总感觉有什么人在里头捣鬼,你也知道,咱们手下那帮人不一定跟咱们一条心，只有家人靠得住，你说对吧……"

堂兄一边和索尔东拉西扯，一边已经和另两个帮内弟兄会合，几个人在路上肆无忌惮地走着，路人都很识相地移开了目光。跟着他们通过七扭八扭的狭窄街道，又经过一个路口后，索尔来到了一家理发店跟前。

"该开工了，这就带你熟悉一下我们的工作。"堂兄把吃剩的苹果核随手一扔，猛地一把推开了理发店的玻璃门，"嘿，帕科，你的老朋友看你来了。"

店主帕科正在给一位顾客理发，他闻声转过头来，脸色忽然一变，不自觉地向后退了两步。头发才理到一半的顾客立即从理发椅上出溜下来，想靠着墙挪到门口溜出去，但堵在门口的弟兄拦住了他。那人从裤兜里掏出两张皱巴巴的钞票才得以离开。

"求求你再通融一下吧,最近生意真的很糟,实在是没有多余的钱。"店主愁眉苦脸地求饶。

堂兄撇了撇嘴:"帕科啊我的朋友,上周你是这么说的,上上周你也是这么说的,再上周你还是这么说的。我就觉得很奇怪了,最近天气也没有变冷啊,为什么人们会忽然决定不理发了?于是,我派兄弟监视了一周你的店,发现顾客其实并不少啊。你打算怎么解释?"

店主没有回答,他抿嘴看着正在把所有窗帘放下来的另两名闯入者,胡子轻轻颤抖。

"我知道你有钱,你不是那种到处鬼混的人,看脸色也不像是在嗑药。我可以大发慈悲,当你没有故意拖欠过,只要你把上个月的'税'都缴清,再另加我弟兄一周的人工费,很公道吧?"

"求你了，再通融一下。"店主拱手哀求道。

堂兄脸色沉了下来："真不给？"

"现在真没有。下个月，等下个月有钱了就付。"

"在我的地盘，规矩就是规矩，你不守那就只能我来帮帮你了。"

利奥说完下巴一抬，两名手下默契地靠了上去，一人一边把店主按在了理发椅上，其中一人硬拽着店主的左手压在了跟前的小桌上。

利奥看了看帕科的手，想了想后摇摇头："换腿吧，留着胳膊给他挣钱。"

于是手下又搬过来一张半高的板凳，把店主的右脚架了上去。利奥则在店里四处翻找，不知从哪摸出一把锈迹斑斑的大扳手。

忽然间他像是想起了什么，转头把扳手塞进了索尔的手里："姑妈说，要我好好教你。来，就从最简单的练起吧。"

索尔接过死沉的扳手，迟疑了一下才慢慢靠近理发椅。帕科不断地小声求饶，任凭鼻涕和眼泪因为恐惧流得满脸都是，却还是一口咬定真没有钱。索尔同样感到害怕想要逃走，他长这么大都没跟人打过架，想不到忽然之间就需要亲手敲断别人的腿。

　　"用双手，对——瞄准喽，这么用力一敲，就搞定了。实在不行的话，你瞄准之后闭上眼。"堂兄在一旁给索尔打气。

　　正当索尔犹豫之际，店内的一扇门突然打开了，一个脆生生的声音传来："爸爸，你在吗？"

　　接着，一个顶着褐色卷发的小小脑袋从门缝里探了出来，她的双眼蒙着一层纱布，看不见外头的情况，只好用稚嫩的声音继续向爸爸询问："发生什么了？为什么这么吵？"

　　堂兄做了个"嘘"的手势，所有人都静了下来。

他给店主使了个眼色,店主连忙对女儿说没事,把她哄回了后边的房间。堂兄把店里正在播放的歌曲换成了摇滚乐,并把音量调到最大。

"继续吧,规矩就是规矩。"堂兄看向索尔。

可是索尔已经了解店主拿不出钱的原因了,显然他的钱都花在了女儿的眼睛上。索尔心头涌上一股更加强烈的抗拒感,一想到店主的女儿正在遭受的不幸,以及她父亲将要承受的痛苦,那无法抑制的同情心让他感到无比煎熬。

他实在不忍心,扳手怎么也敲不下去了……

索尔一个人带着满腔怒火回到家里,他压根就不想掺和这种事。要不是老爹最后的嘱咐是要他回家来帮忙,他才不想回到这个破烂垃圾窝里!

母亲辛西娅得知了事情经过,她并没有责怪

索尔，而是对他说："我知道你是个心软的孩子，所以过去一直没让你参与这些事。但现在你父亲和哥哥都不在了，这些活以后总不能全靠叔父和堂兄们去做，咱们家怎么都得出一份力对不对？多适应一段时间就会好的，不要着急。"

索尔没有吭声。他靠着自己的努力考入了位于城市另一端的社区大学，就是为了逃离这个鬼地方，逃离需要随时去生生敲断一位无辜父亲腿骨的残忍生活。

母亲也没再说什么，她不由得想到了大儿子菲利斯。去年他才在警方的围捕行动中不幸中弹身亡，今年丈夫因病去世，现在匆匆回家的索尔的表现又是这个样子，她也不知道该如何是好。

当晚索尔几乎一夜没睡，越是不由自主地想起店主和他的女儿，他就越发觉得他们可怜。可如今索尔是家里最后的男人，他必须负起自己的责任。假如再碰上同样的情况他还敢不下去，恐怕就会被认定为懦弱胆小，被堂兄的手下们耻笑。思前想后索尔也没想出办法，最后只得作罢，希望能顺其自然。

接下来的一周里，索尔还是不忍心对看起来可怜兮兮的街坊动手，即使有些人是故意逃"税"，他也没法像堂兄那样干脆狠心。堂兄同样觉得他这么下去不行，于是四处打听给索尔找了个解决的路子。

"老弟，我和你说，昨天我去找了一下'老臭虫'，聊到了那天理发店的事。结果你猜怎么着？他说正好有个手术能解决你的问题。"

"老臭虫？"

"呃，老臭虫这老东西是个医生，当然是没证的那种。他平时开诊所维生，也经常卖些乱七八糟的药,听说最近还要搞什么电子迷幻剂。他说设备很贵最近交不起钱,正巧你的情况有个手术能解决,他又正好能做,就想用这个手术抵上一点'税'。我觉得,可以先了解了解情况再说。"

索尔不太相信一个黑诊所的医生能有什么神奇医术,可他也没理由拒绝,只好跟着堂兄来到了半山腰的一座小小的二层楼。跟这个所谓的医生聊了一番后,索尔了解到这个手术会用到一种治疗癫痫的药物以及一个 VR(虚拟现实)头盔,来抑制大脑里关于同情的脑神经网络。

这手术叫镜像神经重塑术。

索尔对老臭虫半信半疑,尽管这个手术的原理和器械都还真像是那么回事,他想了想还是拒绝了,毕竟要动脑袋里东西的手术不是儿戏。

接下来的两周,索尔依旧在纠结和痛苦中度过,他还是适应不了这种充满暴力和恐吓的工作。叔父和堂兄们看在眼里没有明说。最让索尔受不了的是，他暗地里听到堂兄那几个手下在议论，说"索尔真是个软脚的雏鸡，让我们家十岁的孩子来干都比他要强"。

　　索尔又气又恼，尽管这并不是他想要的生活，可他还是受不得被人这样私下羞辱。走投无路的索尔思前想后，终于下定决心，找老臭虫敲定了手术时间。在亲自检查了设备和药物，确定东西都对得上号之后，索尔躺到了诊所的病床上。重塑手术不需要麻醉也不用开颅，只是分析脑神经网络和施术在神经元层面上进行精确抑制都需要不少时间。经历漫长的四个小时后，手术终于得以完成。

　　出了诊所，索尔并没有感到自己有什么变化，但当堂兄带着他再一次来到理发店的时候，一切都不同了。他看见瘸着腿的店主时不再感觉到他可怜，就连看见店主女儿也感受不到一丁点同情——索尔原本对店主可怜遭遇的那种感同身受，已经完完全全消失了……

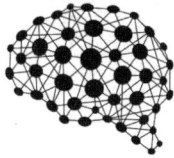

镜像神经系统的功能，可以粗略地概括为——如临其境，感同身受。

当你发现有人在墓碑前哭泣，你可能也会感受到一点悲伤的情绪；当你看见一个人在悬崖边上摇摇欲坠，你可能也会感到心惊肉跳、双腿瘫软；当你听见牙科诊所电钻的嗡嗡声响起，你或许会立即觉得头皮发麻，甚至连牙齿也开始感到一股莫名的酸痛……

即使没有亲历这些场景，人也可以通过观察

和倾听在自己心里模拟出一个"镜像",仿佛亲自进入同样的场景,做出同样的行为,并产生近似的感觉和情绪。

通过这种"镜像"般的模拟代入,我们不仅感知到他人的境况、动作和情绪,而且伴随着这种感官描述,我们自身也唤起了和对方相同的状态——如临其境,感同身受。

而产生这种模拟的必要条件,是有类似的"经验"可以提取。

如果你不曾因痛失亲友而伤心欲绝,就难以感受到墓碑前哭泣之人的悲痛;如果你未曾在高处惊慌失措或是从不畏高,就不会感受到身临悬崖边的恐惧心悸;如果你没有被牙科医生用电钻钻入蛀牙深处的经历,就没办法明白为什么那种酸痛会刻骨铭心。

这种与身体紧密联系的"经验性知识",使

得我们能够直接理解他人动作的意义。通过镜像神经系统的具身模拟，我们获得了共情、同情的能力，得以理解他人的感情和情绪。这就是加莱赛等人提出的"具身模拟理论"：我们透过自我这块镜片，感知他人的行动。

基于"无身认知"的第一代认知科学曾认为：认知作为一种软件，同运行这一软件的硬件之间没有必然联系。认知可以运行在人脑、电脑、硅片甚至木头上。

在基于镜像神经元提出的具身模拟理论的推动下，认知科学转向第二代"具身认知"：认知和心智的特性在很大程度上同身体的物理属性相关。不仅脑神经水平上的细节对认知过程有重要影响，身体的结构、身体的感觉运动系统也对高级认知过程的形成有着至关重要的作用。认知等高级心理过程是被身体及其活动方式塑造出来的。

　　"心智和身体是无法分割的"这一结论逐渐清晰明了。

　　"身心一体"论否定了认知所谓"软件"性质的功能。

∠02

康斯坦丁实验室发来了一封非同寻常的邮件。

收件人是勒梅尔夫妇,邮件内容是关于他们的女儿玛丽安的,里头说有关于玛丽安的重大事宜需要和勒梅尔夫妇商谈,但出于保密考量,只能恳请他们前往实验室进行面谈,所有来回费用由实验室担负。

"这些诈骗犯打的什么主意?"勒梅尔先生只看了邮件标题就气呼呼地骂道。他们的女儿玛丽安已去世多时，况且又怎么会和研究人工智能（AI）的实验室扯上关系？

"先看看这个，这间实验室和圣路易医院有合作关系。"勒梅尔夫人倒是相对平静。

"这些天杀的骗子！怎么敢利用玛丽安的名字！我们该直接报警！"勒梅尔先生更生气了。玛丽安生前就是在圣路易医院接受治疗的，他实在不能容忍别人打着女儿的旗号招摇撞骗。

"实验室说，这和遗体捐献后续事宜有关，还给出了他们和医院的合作信息供我们核实。会不会是后续出了什么问题？"

见妻子开始忧心起来，勒梅尔先生只好压下怒火答应看看情况再说。如果真是什么骗子在兴风作浪，不用警察来他都会把他们撕成碎片。

结果一和圣路易医院联系，对方就反馈说实验室的信息没问题，这下勒梅尔先生才没什么可说的了。随后工作人员安排好了行程和专人接送，把勒梅尔夫妇请到了康斯坦丁实验室。

接待夫妇二人的是实验室母公司的副总裁弗兰克，他一上来就试图让勒梅尔夫妇签下保密协议，保证在实验室里看到的所有事情都不泄露出去。

勒梅尔先生可不吃这一套："别玩神秘，有什么屁话就直接说清楚，你以为我想来这里？不想说拉倒！亲爱的，咱们走。"

副总裁怔了一下，马上就做出了妥协，答应可以暂时不签保密协议，先带勒梅尔夫妇去看一样东西再说。在夫人的劝说下，勒梅尔先生才暂且同意。他们跟着副总裁一起来到了实验室深处的一个房间，一进门两人便瞪直了眼张大了嘴怔在原地，久久没能回过神来。

他们简直不敢相信自己的眼睛，眼前出现

的,竟是一个活生生的玛丽安!

本应已经死去的玛丽安如今正在一张移动医疗床上半躺着,聚精会神地看着卡通片。直到副总裁打开玻璃门,让惊喜交加的夫妇俩进入房间,他们才敢相信这不是什么全息投影,那确实是活着的玛丽安。

玛丽安见有人进入房间,转过头来打量了一下,那一瞬间她似乎认出了父母的脸庞,露出了欣喜的笑容,还张开双臂想迎接母亲的拥抱。然而她仿佛忽然回过神来,表情又变成了疑惑,嘴里含含糊糊地吐出了几个字:"谁?你?谁?你是?"

正欣喜若狂的勒梅尔夫妇像是被当头浇了一桶冷水,玛丽安没有认出他们来。随后的简单互动中,他们发现玛丽安不仅已经认不出他们,而且心智似乎变成了孩童一般。

副总裁招呼夫妇俩离开了房间,把他们带回

会议室。面对一肚子疑问的勒梅尔夫妇,他先开了口——

"她就是玛丽安,不是克隆人,也不是机器人。至于她为什么会变为现在的样子,只能说是实验的缘故,具体细节暂时不便告知,请见谅。不过我保证,她身上的每一个细胞都是原装的,她就是你们的女儿玛丽安。"

"可是,玛丽安明明已经死了……"勒梅尔夫人喃喃道。

早在十年前,玛丽安就因意外成为植物人,医院给出的诊断结论是接近最小意识状态,基本没有唤醒的可能。直到半年前,夫妇俩才忍痛接受医院的建议,签署了放弃治疗协议。勒梅尔夫人花了半年时间勉强接受了女儿已经不在的现实,而如今活生生的玛丽安忽然又出现在她眼前,她不知道该如何是好。

"你们在用玛丽安做活体实验？"勒梅尔先生直截了当地问。

"不不不，不是活体实验，定义很关键，用词必须严谨，不能随意下结论。假如说我们是在做活体实验，那么我能不能说你们签放弃治疗协议是亲手杀死了她呢？我要澄清一下，我们严格遵守了你们签署的捐献协议，仅将遗体使用在实验或是医疗用途，我想这是不违反法律规定的。"

"她明明没死！你们这是犯罪，我要报警！"

"请不要激动，勒梅尔先生。要知道，像玛丽安这类植物人虽然没有脑死亡，但也不能证明其意识还存在，所以在法律上并没有那么确切的判断标准。加上植物人的死亡判定和遗体捐献书里都有那么一两条可以灵活理解的条款，我确信实验室没有违反法律。不过，嘿，勒梅尔先生，重点是玛丽安现在的状况，不管怎样，我们让她的脑神经系统再度活跃起来，重新组成了意识，这不值得高兴吗？难道你认为她死了才好吗？最重要的是把握现在，不是吗？"

勒梅尔先生被副总裁一通反问，久久没有说出话来。他又看了看仍然不知所措的妻子，叹了口气，向后一倒靠在了椅背上。

副总裁让勒梅尔夫妇先回酒店慢慢消化一下玛丽安的事，平复情绪之后再回来好好谈。

目送两人离开后，实验室负责人雷诺缓缓靠了过来，叹了口气自言自语道："可惜了啊，要是能继续用这个'完美实验体'，我们能够获得更多的突破。"

弗兰克眉头一皱，转过头训道："你在想什么？都什么时候了还想继续实验？你们在制定实验方案的时候，为什么没有预料到这种情况？为什么没有做预案？到头来还得我来给你们擦屁股。当务之急就是尽可能降低损失,请他们来是表明没有隐瞒,一切都是意外。摆正态度才能做好公关,懂吗? 还有,记得把其他的实验体也全撤下来,再出差错我唯你是问!"

其后的一周里,勒梅尔夫妇每天都会来到实验室,陪在玛丽安身边。之后,那位狡猾的副总裁才向他们提出了真正的要求。

弗兰克表明实验早已停止,后续不会再做下去,勒梅尔夫妇可以带着玛丽安回家,政府那边相关的手续实验室也会协助办好。而他也代表实验室提出一项交易:只要勒梅尔夫妇能够将玛丽安接受过实验一事保密,实验室将会提供资助,满足玛丽安后续的一切恢复和疗养支出。

对此,勒梅尔夫妇产生了分歧——

夫人认为该接受实验室的提议,因为玛丽安回到了他们身边,这是最重要的。勒梅尔先生则认为，这个玛丽安已经不是原本的玛丽安，尽管她的每个脑细胞都是原装的，某些下意识的反应也和之前的反应相似。在他看来，原本的玛丽安的意识已经不复存在，证据是她不认得自己的父母，也不记得以前的事情。

勒梅尔夫人不想再纠结，只要能抵消过去半年她所承受的痛苦，她不介意接受现状。即使那不是原本的玛丽安，她也同样可以把她看作自己的女儿。退一万步说，她是拥有玛丽安一部分躯体的姐妹，勒梅尔夫人觉得这样已经足够了。

可勒梅尔先生就是没办法接受。他认为这是亵渎了死去的玛丽安，她们越是相似就越让他感到痛苦，他无法接受实验室的提议。

见说服不了丈夫，勒梅尔夫人只好作罢。但她已经决定无论如何都会照顾玛丽安，让她的新意识慢慢成长，待她如亲生女儿。

勒梅尔先生则想让实验室为亵渎了玛丽安付出代价,不过正如副总裁所说的,他们的实验在法律条款上无可挑剔,政府和律所都对勒梅尔先生表示无能为力。眼看从政府和法律那里都得不到帮助,勒梅尔先生决定去找媒体。

最终,《泰晤士报》报道了勒梅尔一家的遭遇,玛丽安"死而复生"的新闻一出即轰动世界,康斯坦丁实验室被推向了舆论的风口浪尖。然而在舆论压力下,各界经过数月探讨,对于在什么情况下植物人可以被判定为死亡依然没有统一结论。

究其原因,是无法对大脑意识区解码。即便能精密扫描脑神经网络活动,可如何判别怎样的脑神经活动代表意识存在?自己是否保有意识,除了本人知晓之外,他人只能通过其外在言行举止进行判断。而在无法对意识进行解码的当下,即使是再精密的脑成像技术扫描的结果,也不过和言行举止一样只是"表象"而已。

无论如何,勒梅尔一家的遭遇对相关法律的修改产生了深远影响。虽然最终结论尚未可知,但可以肯定的是,今后植物人的遗体捐献条款里,必将不再包括大脑部分。

尽管如此,康斯坦丁实验室还是从业已完成的植物人实验中,获得了解决某些世界性难题的钥匙。

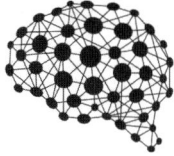

康斯坦丁实验室是第一个实践"具身学习"这一开创性实验的实验室，也是最后一个。

尽管通过深度学习所训练出的 AI 能够跟人类进行相当复杂的互动，甚至可以无限接近通过图灵测试，但身心一体论决定了这种 AI 从本质上依旧无法理解和模拟人类的认知。更何况其模型往往内含多达数千亿个参数，训练所需的巨量资金和算力等投入只有寥寥科技界巨头负担得起。

因此,资源有限的康斯坦丁实验室不得不另辟蹊径,他们从身心一体论中得到启发:既然认知必须依附于身体,那么就让 AI 联结上一具人类的身体,通过人体获得具身认知来学习如何理解人类。

这其中首先必须面对的问题是,如何让 AI 联结上人类的大脑进行学习。只依靠非侵入式的技术恐怕远远不够。

目前,显微磁共振成像(μMRI)和精密经颅磁刺激(μTMS)已经达到微米级别的精度,成像速度更快的显微脑磁图(μMEG)也在急速发展,依据大量的观测实验,科学家已经建立起较为清晰的脑区功能定位。然而,究竟是哪些脑神经元形成的何种网络在如何运行之下实现了什么具体功能?将脑神经与意识功能一一对应,普适性运用到大脑运作机制的解码工作,仍远远看不到成功的迹象。

就像坐在观众席上观看赛车比赛,即使你拥有强大的望远镜,可以看见车身上的每一粒灰尘,看清驾驶员每一块肌肉的变化,记录赛车在每个弯道精确至毫米的轨迹,你也没法靠这个学会如何驾驶赛车,更别说掌握和车手同等的驾驶技术,以及弄清楚这台赛车的操控特性了。

因此康斯坦丁实验室提出的具身学习设想是:不仅要让 AI 被动分析和学习脑神经元活动,也要让 AI 主动对大脑进行刺激,大量快速地获得即时反馈。这样一来,AI 才能充分获得大脑更深层次的反应数据,从中学习和解码意识的根本运作机制。

想要掌握驾驶技术,就必须进入驾驶舱把车开上赛道;想要弄清赛车的操控特性,就必须接收车辆在各种弯道路况下转向、加速、稳定性等方面的反馈,从大量驾驶经验中总结。

因此,要实现具身学习的设想,就得打开颅骨将所有脑神经元都贴上电极,让 AI 和大脑进行全面接合。电极不仅用于"窃听"脑神经细胞的实时活动,也用于大量反复放电刺激神经细胞以观测大脑和身体的反应。

其中的矛盾在于:这必然会给用于实验的大脑带来不可逆的损伤,伦理限制下这样的实验决不允许使用功能正常的人脑,然而不用功能正常的人脑进行实验,AI 又如何能够从中学习到正常人脑的运作方式呢?

最终,康斯坦丁实验室把目光投向了植物人——他们丧失了意识却仍然有部分脑神经网络在运行。而只要实验对象不具备意识,就有理由通过伦理审查。

在母公司付出数笔不菲的"捐赠"费用运作

后,康斯坦丁实验室在部分国家和地区获得了这类患者捐献的"遗体"。这些"遗体"只是在程序上被认定为死亡,实际上大部分脑细胞和身体依然保持着生物活性。

在植物人身上进行的具身学习实验,或许仅能解码出大脑非意识区的机制模型,但这一实验至少能突破身心一体论的桎梏,让 AI 与部分"身"紧密结合,从而获得理解人类之"心"的可能。

康斯坦丁实验室在对不下一百个植物人的"遗体"进行实验后,意外发生了——一具近乎完美的实验体居然开始渐渐恢复意识。这具实验体拥有最为完整的大脑非意识区网络,AI 在学习解码过程中施加的大量刺激,让它原本失能的大脑意识区网络开始重组,并逐渐恢复了功能。

对康斯坦丁实验室来说这是不幸的意外,这

一争议性的实验一经曝光,各国陆续通过法案,永久禁止了这类实验。

然而,抛开伦理和社会层面的影响,这一实验前所未有地获得了大量人脑非意识区的交互数据。经过后续的整理分析,康斯坦丁实验室提炼出相当精确的镜像神经系统模型。

这是镜像神经研究领域的历史性突破,人类第一次完整地认识了镜像神经系统网络,为进一步的干预和改变打下基础,甚至让定向重塑理解和同情等复杂的心理机制成为可能。

03

阿尔弗雷德已被泛滥的同情心困扰多时。

每次经过那个巨大废料桶的时候，他都会不由自主地感到十分难过。几百个已经被剥皮剔肉的牛头堆在里边，只有一样东西还留着——眼球。这几百双眼球都像是在盯着他，让他感到既恶心、惊恐，又心碎、内疚。

阿尔弗雷德在一间屠宰场工作，除了每天都必须忍受充斥着浓烈气味的肮脏车间和里面满是粪便、内脏、血迹的墙壁及地板外，他还得面对更糟糕、更令他难以承受的事——看着这些动物在眼前抽搐着断气。

屠宰场是冷酷且残忍之地，工人除了需要具备力气外，还得掌握麻木的能力才能够胜任，阿尔弗雷德和他的同事们都心知肚明。你必须学会把牛看成是肋眼、菲力、西冷、米龙等部位的组合而不是一个完整的生命，否则就没法处理好工作，甚至连活下去都成为问题。每天葬送在自己手上成百上千条生命，绝不是柔软内心所能承受的重担。

尽管大多数同事都不愿承认自己有压力和精神问题，但阿尔弗雷德很清楚许多同事有酗酒、药物依赖甚至是对能量饮料上瘾的毛病。包括阿尔弗雷德在内的少数人承认自己处在抑郁的边缘需要求助心理医生，而公司极度有限的基础福利并不包括这部分费用，这对他们来说是一笔不小的额外开支。

有一次,一名工人切开一头牛的腹部准备取内脏,结果里边掉出一只小牛胎。这名工人当场失控,之后告假了整整一周才回归岗位。

还有一次,牛因被检测出结核病要被整群宰杀,其中包括几十头小牛。它们年幼好奇,迈着摇摇晃晃的小腿四处乱跑,像小狗一样凑过来东嗅西嗅,舔工人的手指头。宰杀它们的一个工人在一个月后自杀了。

阿尔弗雷德在和心理医生塔利雅会面时说起这件事,无法抑制地痛哭起来,一直到医生提醒他治疗时间即将结束。这些平价的心理诊所其实解决不了什么问题,对时间和收费更是斤斤计较。不过阿尔弗雷德也没多少选择,他能请得起的只有这个档次的心理医生,人工屠宰场已经是夕阳产业,薪资不可能再有所提高。

阿尔弗雷德用袖子擦拭着眼泪，一边道歉一边起身准备离开。医生看着可怜兮兮的他，叹了口气后把他叫住，给了他一个联络邮箱。"这个小组在尝试一种实验性疗法，你可以考虑一下。"

阿尔弗雷德没怎么犹豫就发了封申请邮件过去，他知道自己很难找到别的工作，继续这样下去迟早会承受不住。

很快阿尔弗雷德就获得邀请，来到了实验疗法小组。在等待接受检查闲聊时，阿尔弗雷德了解到自己这一组实验对象的职业五花八门，有医生、护士、军人、保姆等。有些人不愿意谈及自己的经历和感受，有些人则大方地分享给大家。

退役军人兼作家大卫分享了他的经历。在退役回家之后，身为老兵的思维总是让他把平常的事物与战时的情景联系起来。他常常怀疑被人跟踪，怀疑汽车上埋有炸弹，怀疑自己会被绑架虐待,这让他长期处于精神紧张之中。

当他第二次被同一辆卡车堵在路上,他下意识地把这一情形判断成了一次伏击,挡住他的卡车、堆在路边的垃圾、从地面升起的热浪、旧垃圾的味道、卡车的柴油味……各种刺激都将他意识的一部分带回了战场。这种转移现象不知道在哪个特定时刻发生,他也没有感觉自己离开了身体,没有闪光,耳朵里没有无线电对话,没有爆炸,没有子弹呼啸的声音,只有被挡住的街道。那一刻似乎只有卡车是彩色的,而其他一切都变成了黑白。

前医师艾琳则总是回想起全球大地震时期。忽然间暴增的伤患挤满了医疗帐篷,她没日没夜地超负荷加班,尸体多到只能一具具地往医院门口等着的集装箱卡车上堆。最糟糕的是因为医疗资源不足,政府把决定权下放给了当值医生,她必须决定谁能先做手术、谁能获得呼吸机甚至是谁能先做心脏除颤。她每天都不得不做出数十个这种决定，每一次决定都有可能判处患者死刑。她没法忘记那些被她剥夺了幸存机会的患者，每一张因她的抉择而失去生机的脸庞都反复在夜晚造访，进入她的噩梦。

阿尔弗雷德也分享了自己的遭遇，虽然他的经历相比之下有些不够沉重，但没人表露出不屑，从某个角度来看他们都一样，精神饱受困扰，处在崩溃边缘。把事情说出来后，阿尔弗雷德感觉轻松了一些，或许这样的谈话本身就像是倾诉治疗，能产生一定的作用。

同组人员都检查完毕，确定了有资格进入下个实验环节的人选后，工作人员对他们说明了这项实验的情况。阿尔弗雷德一时间没听懂，他单独找工作人员谈了谈，才搞清楚这项实验其中一个目的就是减弱同情、共情的能力。

在阿尔弗雷德的案例里，减弱同情心能让他不再把牛看作是一个生命，而是一块石头或一根树木，这样便不会因为它们被宰杀而难过。对于退役军人和医师，他们的需要不尽相同，但所有实验的共通点都是针对镜像神经系统的抑制。

至于能否规避风险，工作人员说无法保证，他们是第一次开展这样的实验，而且实验效果是半永久性的。阿尔弗雷德有些打退堂鼓，不过当他跟同组的退役军人和医师讨论起风险时，两人都表示不会因此退出。比起实验失败，要他们继续时时刻刻经受压力和折磨，情况也好不到哪里去。阿尔弗雷德这才感到自己的问题确实有些小儿科了，或许这就是心理医生没有一开始就推荐他来参与实验的原因吧。

最后阿尔弗雷德想通了，他其实还有辞职这

个后备选项，他不是没有退路。

阿尔弗雷德随即从实验中临阵退缩，三个月后他辞了职。辞职后他想起同组那两位分享过经历的可怜人，于是拨通了他们的电话，可接听的都不是本人。几经辗转，阿尔弗雷德才在一个精神病院见到了退役军人大卫。

大卫的表情始终平静淡漠，看起来已经不再受创伤后应激障碍困扰。可他似乎连积极的反应也一并丧失了，即使阿尔弗雷德坐在他面前，大卫也仿佛一直盯着一堵墙，给不出任何回应。

大卫的举动同样让人难以捉摸，他可以坐在阿尔弗雷德面前对任何事都充耳不闻，眼睛眨都不眨一下，然后忽然站起身来，夸张地拖曳着脚步小心翼翼地挪向窗户，就仿佛地板是无比光滑的冰面。几分钟后，他又大步走到护工面前示意要喝水，可拿到纸杯后他先是将杯子倾斜，把水都洒到了地上，再把空杯子举到嘴边，随后他放下纸杯，紧接着做出仰头喝水的姿势。

大卫的脑袋显然乱了套。

当值医生向阿尔弗雷德介绍，这位退役军人的状况大概是自闭症和失用症的综合，"这都是那个实验失败的后遗症。镜像神经系统牵涉很广，大卫不巧碰上了最糟糕的情况"。

所幸这项实验已经被永久叫停，不会再有更多的人受害。那是在一次黑客入侵后，实验的所有信息和数据都被公之于众，风险的不确定性导致这项实验在巨大的社会压力下被永久中止。

阿尔弗雷德一方面庆幸自己没有继续参与实验，一方面又对大卫感到惋惜。他想起了留在屠宰场的工人，那些他们一直以来默默承受的心理问题，是否还有机会得到解决呢？

康斯坦丁实验室从夭折的具身学习实验中获得的镜像神经系统模型，为解决一些疑难心理问题打开了希望之门。

譬如让政府头疼已久的创伤后遗症问题。海外服役的士兵和经历了全球大地震时期的医护人员，都饱受抑郁和精神创伤的困扰。如果能以镜像神经系统模型为基础研究出治疗创伤后遗症的方法，即使只能救治其中的一部分，也能一劳永逸地减少巨额医疗支出。

相当多病患的问题出现在具身模拟机制两种浅显易懂的功能上——代入场景、代入感情。

退役士兵的常见问题是把日常场景当作战场。长期身处战地的过度紧张刺激,会让他们的镜像神经系统培养出高度敏感的反应回路,从而迅速透过少数迹象就能判断出是否即将进入交火——一个路人投来的奇怪眼神、一辆在路边停歪的汽车、一阵突如其来的怪异声响,都可能决定他接下来的几秒钟能否存活。

这种反应回路在战场上是至关重要的,但在退役后就成了问题。过度敏感可能导致他们即便闻到轻微的烧焦气味都会立即激活镜像神经系统,仿佛回到战场"如临其境"。这种反应长期而频繁地启动,让他们的精神过度紧张,压力如影随形。

医护人员的问题则在于,他们过度暴露在患

者的负面感受之中。每一位患者的伤痛和绝望，都透过镜像神经系统的共情作用投射到医护人员的身上，让他们"感同身受"。他们看着患者就能够体会到他们的感受和情绪，而在治疗和护理的近距离接触中，这种作用会变得更加显著和强烈。在全球大地震期间，每位医护人员接触和处理的病患人数是平时的数倍甚至数十倍，过量对负面情绪的感同身受冲击着他们的精神，以至于其后多年都无法恢复。

除此之外，军方也期望通过抑制同情心来提高士兵的战斗效能。试想一下，在战场上如果一个孩童忽然掏枪向你射击，你能毫不犹豫地扣动扳机回击吗？如果士兵能做到毫不犹豫，那么在战场上无疑将拥有更高的效率和战斗力。

然而，即使拥有了较准确的镜像神经系统模型，也不意味着就有能力随心所欲地对其进行改造。更何况精确到单个脑细胞级的神经干预手段仍旧缺乏,投放型抑制药物不可避免地会影响一小片脑神经区域。而镜像神经系统是极其精密复杂的网络,牵一发而动全身,即便是一丁点镜像神经元不幸遭到破坏,其他建立在具身模拟机制上的功能也可能受到极大影响。

例如在负责运动的脑区,如果其中的镜像神经丧失功能,就可能产生类似失用症的症状。一些患者保留了简单的动作能力,但在做精细复杂的动作时,时间、次序及动作的组合都会发生错误,致使动作整体割裂,动作次序颠倒。例如让患者吸烟时,他可能会划燃火柴后将火柴放入嘴里;让患者喝水时,他则可能先把水倒掉,再把杯子送到嘴边。

在心理层面,具身模拟机制也牵涉到情绪和意图理解、社会认知、语义理解等能力。自闭症是这些方面能力缺失的可能结果之一，在儿童发育过程中，镜像神经元是促进早期模仿行为、语言发展的关键要素，如果其无法正常发育，则会造成情绪、言语和非言语的表达困难及社交互动障碍。

脑神经网络的精密和复杂，决定了如果想有针对性地对人脑进行重塑，除了掌握脑神经与功能一一对应的精确动态模型外，还需要拥有能精确地在单个脑细胞层级进行微调的技术手段。

而这一微调技术的成熟及其最终在民间的大规模非法应用，则与索尼公司在 VR 领域的成功息息相关。

04

从看见安洁莉娜的第一眼开始,胡安就爱上了她。

11年级时转校生安洁莉娜来到了胡安的班上,她清脆的声音如鸟鸣,动作优雅身姿玲珑,波涛般的红色长发衬托着精致的面庞。在胡安以及其他男生眼中,她就像红宝石般美丽而耀眼。

比起校内那些同龄的漂亮女孩,安洁莉娜又显得十分平易近人。她穿着简洁大方,既不过度暴露,又恰到好处地显现出她的少女气息。她还戴着一副斯文的眼镜，对任何人都面带微笑。同班的男生在课间纷纷找借口过来打招呼，他们很快成为她的朋友——或者说，看起来成了朋友。

只有胡安的死党华金一直冷眼旁观，他不相信这个世界上有这么完美的女孩。胡安当然并不理会华金的说法，他已经被安洁莉娜迷住了，几乎每堂课都在盯着她的背影发呆。

没过多久，主动向安洁莉娜搭话的男生似乎开始逐渐减少。或许是因为有太多人抢着和她说话，她不可能全部应付过来，她对一些人只能付之一笑，甚至对一些人视而不见。不过她并没有冷落胡安，经常会简短地聊上几句，两人偶尔也会对一些流行电子产品展开讨论，特别是与 VR 相关的话题，而那正是胡安擅长和喜欢的领域。

"兄弟，相信我，她跟那些'婊子'没什么不同，你只是对她还有利用价值而已。"

华金试图劝胡安不要陷得太深，可胡安根本听不进去。

"不，你不懂。安洁莉娜看到了我的优点！"

"好吧，时间会证明一切。"华金只好耸耸肩。即使知道好朋友可能受伤，他也只能暂时做到这个地步。

转眼间，胡安升上了 12 年级。时间如流水冲走了沙土，渐渐暴露出其下掩埋的真实。胡安和安洁莉娜仍然保持着朋友关系，她有兴致的时候甚至会到胡安的家里玩，在 VR 世界消磨上几个小时的时光。但他们也仅仅是朋友而已，不近不远，毫无进展。

胡安隐隐感觉到死党的话是对的，安洁莉娜已经混进了学校最受欢迎女生们的小圈子，普通男生再难以靠近。留在她身边能偶尔说上话的男生，要么是某科成绩拔尖，要么在甜品店打工可以给折扣,要么拥有拉风跑车,或是长得特别帅气、擅长运动身材健美。

华金说被安洁莉娜留在身边的都是她筛选出来的"用人"。尽管不愿承认,胡安其实知道自己为什么能留在安洁莉娜的名单上——他拥有市面上最先进和昂贵的 VR 头盔,还不断花光零用钱购入新的 VR 游戏以及安洁莉娜最为之狂热的当红明星卡米洛的互动周边。

眼看距离毕业没几个月了,华金劝胡安不要再抱有幻想,早点放弃的话,说不定还有机会在毕业舞会前新找个伴。可胡安不愿就此放手,他心里仍然保留了一线希望,就像那些讴歌青春的电影,或许在他坚持不懈的努力下,安洁莉娜会察觉他的真心呢!

华金只好默默叹了口气。一天放学后,他把胡安带到没人的角落,播放了一段录音,是安洁莉娜和几个被华金称为"婊子"的女生在甜品店里闲聊的片段。

聊天中提到了胡安,大家问安洁莉娜为什么还要把这个"呆子"留着。安洁莉娜说镇上只有他一个人有最新的体感 VR 头盔,并且他什么都不敢做。"其他富家公子哥倒是也买得起,可每次去他们那玩,哪次不是一群人在用头盔轮流嗑电子迷幻药?我可不敢自己一个人去他们的家里玩。"

其他女生又起哄问安洁莉娜这是不是借口,她是不是真不开眼看上了胡安,结果安洁莉娜不屑地说:"我怎么可能看上那个呆货?他不过是个胆小的色胚而已。我敢打赌,他每晚都会用 VR 头盔看体感色情片,说不准还会定制我的脸接到那些女人的头上呢。"

一群人哄笑起来,她们开始嘲笑胡安恶心,现实里他没法碰到女人,只好在虚拟世界里找安慰。

录音放完后，胡安没有问这是哪弄来的，也没有表现出愤怒和悲伤，只是沉默着迈步向家走去，对一切充耳不闻。

他失魂落魄地回到家，坐在房间的角落戴上了 VR 头盔。世界在眼前消失，黑暗中一片星云闪耀，胡安整个人被吸了进去，降临在一艘漂浮于岩浆中的巨型维京长船里。他默默坐在甲板一隅，迷茫地看着两人高的大兔子、流行动画里的软萌猫女、背着巨大飞镖的忍者、浑身闪光的机器人等各色虚拟形象走过。一部分虚拟形象头上有一只伸出的手指碰触一根白线的标志，那表示可以使用 VR 设备的模拟体感功能。

"宝贝，想要特殊服务吗？"一个头上有体感标志的女人走过来向胡安搭讪，她的虚拟形象是少见的仿真人形象，有着火辣的身材和性感的双唇。"这是我的链接码，来个单独链接如何？价格实惠,还可以给你个免费预览,要不要考虑下？"

看着眼前兜售体感色情服务的红发女人,胡安忽然想起了安洁莉娜,他一下子把头埋进膝盖,哭了起来。

那女人骂骂咧咧地走开,胡安哭了一会儿,感觉有人在拍他的肩膀。他抬起头来,看见一个浑身黑色的小个子,背着书包戴着耳机,头上还有两个像耳朵的尖尖凸起。这是死党华金常用的虚拟形象,但头上没有体感标志。华金知道胡安常去的一些虚拟场地,找了十来个地方才找到这里。

"你还好吧,兄弟？对不起,我不该让你听那些的。"

胡安摇摇头:"不关你事,是我的问题。"

华金刚想继续说些什么,一个头顶体感标志的巨大热狗靠了过来:"哟,朋友,有没有兴趣来点刺激的？大艺术家蝎子王最新出品的'极地夜狂热'，包你爽到脑袋抽筋！买两份打九折。"

华金的虚拟形象挥了挥手，说："走开吧，别来烦我们。"

"噢，心情不好，那就更需要来一剂了！我推荐'冥王星桑巴'，最适合忘掉忧愁，振奋情绪！"直立的大热狗没有放弃兜售。

华金转过头去："都说不需要了。你的迷幻剂没办法解决他的问题，他需要的是爱，懂吗？"

"你们都停下，让我静一静。"胡安说。

大热狗这才撇了撇嘴，走开了。华金还想继续安慰，胡安却让他也下线，说需要自己一个人静一静。可胡安又不想过于孤独，于是留在了虚拟世界里。

没过多久，又有人拍他的肩膀。

"滚开！别来烦我！"

"嘿，朋友，我不是来烦你的。失恋了？刚才你朋友不是说你需要爱吗？我也可以解决你的问题啊。"又是那个大热狗的声音。

胡安捂住耳朵喊道："我不需要你的药！也不需要任何色情服务！快走吧。"

"错错错！你理解错了。"大热狗不急不恼，"我说的不是什么叫作'爱'的药，也不搞拉皮条的事。我说真的，有一种东西能够帮你得到爱情，不论你看上了哪个姐，都能让她疯狂地爱上你。不过，这东西比电子迷幻药更加……怎么说呢……不那么合法。有兴趣的话咱们换个付费加密线路聊。"

听完大热狗这番话，胡安缓缓抬起头，半信半疑地看向他……

不久之后，胡安弄到了大明星卡米洛最新的限量 VR 互动专辑，身为狂热粉丝的安洁莉娜一口答应来他家玩。

在安洁莉娜戴上 VR 头盔前，胡安告诉她，VR 头盔有一个小的版本更新，需要重新对每个用户的脑神经网络模型进行校正。和以往的校正不同，这次的扫描会涉及一些情绪发生区域，通过联合计算提高体感功能质量。这需要她回答问题以及观看一些 VR 短片和场景，激活相应的情绪区域以获得数据。

安洁莉娜可没兴趣搞清楚这些，她急着进入 VR 世界和卡米洛亲密接触呢，于是催促胡安赶紧开始。胡安默默将 VR 头盔戴在她头上，然后载入了一个新程序进行扫描，同时他开始按照列表进行提问。经过冗长的提问和各种画面刺激，扫描才终于完成。

胡安说之后的数据分析需要一个小时左右，让安洁莉娜在沙发上等一等。他拿来两罐果汁摆在桌面,自己则坐到了电脑桌前。安洁莉娜正好口渴,随手打开了一罐。

胡安用余光瞥见她喝下果汁,暗自松了口气。至此一切准备工作都已就绪,接下来就只等那东西生效了。

安洁莉娜对即将发生的事毫无察觉,她还不知道之前的程序扫描不是为了校正,不知道果汁里含有特殊配料,也不知道这两者的共同作用,会给她和胡安的余生带来怎样的后果。

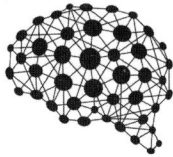

体感 VR 设备，是工程学与医学共同孕育的极其精妙的产物。

想象一下，你身处坐满了人的体育场里，而你的任务是要在数万名观众的欢呼中，分辨出距离百米外的某个男人在妻子耳边说的一句悄悄话——要从大脑外部无创对单一脑细胞活动进行精确测量，就是这么困难。

但经过科学家和工程师们的不懈努力，小型化、快速化的微米级别精度显微脑磁图和精密经颅磁刺激技术相继突破难关。而在众多商业公司的努力改进之下，其成本也在不断降低。

基于这些技术，索尼公司率先推出了划时代的"新视界"体感 VR 头盔。

有了体感模拟功能，当你在 VR 世界里握起一把枪，就能感受到它沉甸甸的重量；当你推开一扇铁门，手掌就真的能感觉到钢板反馈的冰冷光滑的触感；当你被怪物一口咬住脑袋，就能感受到尖利的牙齿轻轻抵在脖子上，淡淡的酸腐臭味钻进鼻腔，黏糊糊的唾液在脸上流淌；当你从高塔上一跃而下，不仅能感受到坠落时的风刮过体表，还能感受到方向混乱的失重。

这是民用市场上第一款通过刺激脑神经模拟出触觉、嗅觉等信号，甚至由内耳负责感知加速度和重力信号的设备。视觉与听觉以外的其他体感模拟，大大提高了虚拟场景的浸入式体验，推动 VR 产业迈出了跨越性的一步。

除了游戏产业外，互动影视领域也从中获得了更大的发挥空间，色情领域数字出版商更是获益良多。"新视界"头盔发布仅两年，涉及 VR 的出版业总值整整翻了两番。

就连医学界都张开双臂拥抱这一新技术。有人开发出了针对盲人的 VR 适配程序，只要视神经没有全部坏死，就能通过头盔的精密经颅磁刺激直接给予信号，让他们在虚拟世界里重获光明。以往要达到类似效果需要十分昂贵的专用医疗设备，VR 头盔则相对通用易得且廉价得多。

同样，也有针对失聪者和其他残障人士的程序被陆续开发出来——在体感 VR 设备的加持下，虚拟世界成为更加平等的空间。

当然，体感 VR 也存在一些副作用，如同晕车、晕 3D 画面，体感 VR 可能导致"体感晕动症"——

由现实和虚拟同时存在的体感不协调所致;而高速变化的经颅磁刺激也可能会刺激癫痫患者的脑神经异常放电,引发癫痫。

也有一些脑科医生向索尼公司预订了专用的医疗头盔,用于癫痫患者的手术治疗。这些头盔基本上和市售版本的 VR 头盔硬件差别不大,只是搭载的程序略有区别。医疗头盔的应用程序允许医生定位体感区域外的脑神经,并且允许经颅磁刺激指向大脑任何一个角落。

利用医疗头盔配合特定的磁感分解型抑制剂,精密经颅磁刺激能让药物在目标神经元上进行定点投放,使抑制手术精度达到单个细胞级别。这一新型手术技术的开发,让癫痫抑制手术变得更加简单快捷,前提是对异常脑神经的分析和识别准确无误。

通过经颅磁刺激和磁解干预药物的配合,脑

神经医生可以永久抑制或加强特定神经元活动或联结，从而重塑某些脑神经回路的功能。

正如基因编辑技术让人类获得了自身进化方向的掌控权，精确的脑神经重塑技术则是人类得以改造自身大脑机制和功能的起点。

然而，重塑极为复杂的大脑机制何其困难，任何不慎都可能带来难以预料的严重后果。

05

镜像神经重塑术的效果和预料中的并不相同。

　　索尔确实感觉不到同情和不忍了，从他的表情上堂兄利奥就能看得出来。索尔再见到理发店店主时，上次那种抿着嘴、皱着眉的犹豫模样已经完全消失，取而代之的是仿佛看着一块石头、一堵墙的冷漠。

　　利奥相信只要自己下令，店主哪怕是有十条腿，索尔也会挨根敲断。于是他试着带索尔去了下一个刺头的家。索尔果然毫不犹豫地执行命令，使劲扇起那人耳光，即使对方鼻血横流，他也毫无停手的意思，直到利奥再次下令他才停下来。

但利奥同时发现索尔身上出现了一些异常。在被扇得连连求饶后，对方乖乖地去床底下翻出一些钞票来，递给了离他最近的索尔，可索尔却毫无反应。他以为索尔没有消气，于是跪下不断求饶，还拉起索尔的手把钱塞进手心，结果索尔还是没有接钱，任由那几张钞票飘落到地上，脸上甚至显露出一丝不解。

利奥捡起钱后带着索尔离开了。来到无人处，他挑起眉毛，摊开双手，歪了歪头，摆出"这是怎么回事"的姿势，索尔依然毫无反应，脸上仍是那种迷茫且带点不解的奇怪表情。

"你怎么回事？"利奥问道。

直到堂兄开口，索尔才有所反应，表情变为

惊讶。

"我怎么回事？"

"是啊，你怎么搞的？刚才就很奇怪，为什么他给你钱你不接？"

"他给我钱？"索尔一脸茫然，"钱不是在地上吗？"

"你不记得刚才发生的事了？他递给你钱，你不接，钱才掉在了地上。"

"噢，对，没错，他有手，手上拿着钱，手伸向我，应该是在给我钱。他的手拉我的手，手上拿着钱碰我的手，钱掉在了地板上……"

索尔念念叨叨，就像刚懂事的小孩一样在复述刚才的事情，利奥皱起眉头思索了一阵子。

"妈的! 老臭虫这个王八蛋。"利奥忽然醒悟，气得火冒三丈。

他带着索尔冲到老臭虫的诊所，一脚踹开大

门，揪住正在鼓捣 VR 头盔的老臭虫的头发："你他妈的对我兄弟做了什么?!"

索尔则停在了门口，面无表情地看着两人。

"轻点轻点，别弄坏了头盔，贵得很。别着急，慢慢说，拜托手上也轻点，我就这点头发了……"

"那你告诉我，你他妈的有没有认真做手术?! 怎么会把我兄弟的脑子给搞坏了？"

"脑子坏了？什么情况？你给我说说。"

利奥一边揪着老臭虫的头发，一边说了索尔刚才那些奇怪的反应。老臭虫想了好一会儿仍十分不解："不应该啊，这个手术就是针对镜像神经系统，镜像神经系统就是同情发生的地方，我检查过施术方案和程序三遍了，手术绝对没有碰到其他区域……"

"那你怎么解释，啊？"利奥指着索尔吼道。索尔已经找了张椅子坐下来，像是在思索着什么。

"别生气,别生气,我这留有手术记录,我查查,让我查查。"

利奥这才松开手,老臭虫抚着仅剩的头发坐到电脑旁,操作了一通后才小心翼翼地说道:"你们别生气啊,你瞧,是这样的,我只不过是负责做手术的,你兄弟要求重塑的功能是减弱对他人的同情,这个具体抑制方案是一个高手做的,那需要专业的功能解析AI,我可做不来。VR头盔的破解也是他给的程序,肯定是他那边搞错了什么,可不关我的事啊,不信你可以拿这些记录去给别人检查。"

"放你妈的屁不关你事,别想逃脱责任!"利奥给了老臭虫肚子一拳,"那好,你既然只负责手术,就给我把他的脑子恢复本来的样子。"

"这个嘛……手术只有一种抑制药物可用,是他们用来治疗癫痫的,所以,抑制几乎是永久性的……"

利奥气得又给了老臭虫的肚子好几拳，老臭虫捂着肚子求饶了半天，利奥才相信他说的是实话，手术效果确实很难逆转。最后老臭虫满口答应他会去找人想办法，利奥只好作罢，找来几个弟兄盯着老臭虫后带索尔回了家。

索尔的情况的确一言难尽。

他没办法明确说出自己的问题出在哪里，没有明显的头疼之类的症状，翻出学校的教材也可以一路看下去，似乎保持着正常的思考能力。

但在堂兄和母亲陪着他做了一些测试后，他重现了之前发生的问题：如果把东西递给索尔，他不会立即伸出手来接过去。对这种互动，索尔似乎变得特别费解，无法明白是什么状况。不管是递给他钱还是苹果，或是只伸出手准备握手，索尔都无法做出正确的反应。

可是，如果把一个东西扔给他，情况又不一样。将苹果朝索尔扔过去，苹果在空中时他会忽然意识到有个东西正飞过来，如果距离足够远，他就来得及做出反应接住或避开。此外，当他自己独处的时候就不会有什么行为障碍存在，他可以正常抛接苹果或其他东西。

似乎只要不涉及他人，索尔的反应就没有什么问题；在需要和别人发生互动时，他的行动就会产生无法言说的障碍。

至于和其他人说话，情况则相当不确定——部分对话能够正常进行，一些奇怪的反应缓慢的情形同样存在。而当谈及某些人在做什么事的虚拟想象场景时，会发生跟现实互动一样的情况，仿佛索尔在脑海里发生的互动也会产生障碍。

尽管暂时没法总结出全部规律，可以肯定的是，问题确实出在镜像神经系统。

可索尔只是在手术前大致了解了一下，只知道那是产生同情心的脑神经系统，至于具体施术方案是针对哪些脑神经，对哪些功能进行了什么抑制，又有没有准确实现就不得而知了。索尔只是个学会计的普通孩子，老臭虫也只不过是一个贫民窟的无证医生，他们谁都没有能力弄明白。

而老臭虫始终没搞到逆转的方法，那个高手收了钱后就消失无踪，不知去哪找下一个猎物了。老臭虫只好找到一个平时跟他有些药物往来的精神病院的医生，对方答应帮忙看一看索尔是怎么回事。

医生为索尔进行了检查，初步诊断并不乐观。扫描检查结果显示，他的镜像神经系统确实受到了手术的影响，而且基本无法再靠手术逆转，只能入院进行长期的观察治疗，看有没有慢慢恢复的可能。

利奥不停地对索尔和他的母亲道歉，说自己不该带索尔去老臭虫那。辛西娅没有怪罪他，她认为索尔是自愿的，是为了替家里出一份力才去做了这个手术。

手术后的索尔已经意识到失去共情能力后生活会变得多么不同。他没法和他人正常交流，没法理解堂兄和母亲的行为，也没法判断他们的表情是沮丧，是担忧，还是无奈。在大街上，他同样无法理解路人在做些什么，他们仿佛一堆虫子，在漫无目的地四处晃荡。

索尔既懊悔又生气。

他后悔回到这里，后悔去做了重塑手术。假如老爹没有让他回来，假如他狠心自私一点留在学校，他的人生也不至于就此毁掉。老臭虫和那个卖重塑方案的家伙最为可恶，母亲、叔父、堂兄也有责任，要不是他们，他不会落到如此地步。

然而,索尔的愤怒根本无法发泄。即使面对老臭虫,他也不能判断对方的反应,不知道对方有没有感到内疚和抱歉。索尔的满腔怒火,仿佛是在对着空气白白燃烧。

最终,索尔放弃挣扎,住进了精神病院。

给索尔做了进一步检查后医生发现,在某种意义上索尔所希望的"减弱对他人的同情"这一目的已经达到了:他大脑中负责产生同情与共情的具身模拟机制被针对性重塑,只要有他人因素参与进来,具身模拟机制就会被削弱。

最严重的问题正在于此,那个粗糙手术的粗暴重塑并不仅仅是减弱,而是完全阻断了涉及他人的同情。

此外,连同其他一些包含在具身模拟机制内的重要功能,也一视同仁地全部被阻断了。

具身模拟机制的重要性，实际上远超常人的想象。它的功能并不仅限于代入共情而已，这一机制在日常生活中几乎每时每刻都在发挥极其重要的作用。

例如有这么一个场景：你和朋友都在餐桌前，他伸手拿起盘子里的一个苹果递给你，你接过苹果说了声谢谢。那么，具身模拟机制有没有参与？从哪个环节就开始参与了呢？

答案是从朋友伸出手去的那一刻，具身模拟

机制就被触发了。

你下意识地把自己代入这个动作,去想如果自己向一个苹果伸手,目的会是什么?这个脑中场景模拟的结果是:想把苹果拿到手中。于是,你理解了朋友动作的目的——拿起苹果。同样,朋友把苹果递向你而不是举到自己嘴边,你理解了他把苹果给你的意图,因此自然而然地伸出手回应他。

这当中所有的具身模拟机制都是下意识产生的,借由伸手、抓握、收回等一系列假想的动作链激活,在朋友的手碰到苹果前,你的大脑就完成了对他动作的理解,进而才发生后续一系列意图理解与社会行为,这其中具身模拟机制的参与不可或缺。

如果仍旧无法感受到具身模拟机制的重要性,不妨想象一下,如果具身模拟机制参与的这些理解都失效的话,会发生怎样的情形? 假如你的朋友把手伸向苹果,下一刻则是把整个盘子掀翻;或是他把苹果递向你,下一个动作却是攥着苹果转头跑开;又或者当他拿起苹果送到自己嘴边之后,没有一口咬下去而是用苹果刮起了胡子……你会怀疑他脑子乱了套,还是怀疑自己精神失常无法理解他了呢?

更进一步假设,全世界的人都认为拿苹果刮胡子理所当然,唯独你认为苹果是用来吃的,那么你就成了其他人无法理解的异类。倘若这种情况普遍发生在生活的方方面面,那么你就无法理解他人,也难以融入社会。

当然,常人不具备镜像神经错乱的经历,因此也无法透过具身模拟机制来体验这种情形。但通过构建类比想象,我们或多或少可以理解丧失具身模拟功能会造成怎样的后果,理解各种程度不一的自闭症和失用症患者所面对的境况。

另外，即使不是在观察或互动，而是在只有自己一个人的场景下，镜像神经系统也依然扮演着极其重要的角色。

回到抛接苹果这个简单的动作，在你产生想要将苹果抛起来的意图，但付诸行动之前，镜像神经系统同样会启动。你会下意识地想象接下来发生的事情，然后镜像神经系统调用大脑运动系统过去处理这类动作的经验，例如手臂如何运动做出上抛动作、手指如何微调控制苹果起飞的姿态等，让你不至于把苹果抛歪或者砸到天花板上。

你是手忙脚乱地抛接，还是像杂耍大师那样轻巧而灵活，则取决于过往的训练中镜像神经系统与运动系统的共同学习。

许多运动项目的大师级选手会在赛前进行

想象训练，想象自己在场上如何应对各种情形，做出怎样正确而精准的反应，从而提高自己在比赛中的水平。这也为镜像神经系统在运动中的重要作用提供了佐证。

06

缉毒局任务 BS****3k1 通信录音片段：**

"嘿,新来的,你还在吗？"

"特警机动支援队机甲战斗员■■■就位,马克 V 重型无人机甲就位,随时可以出击,请指示,长官。"

"别紧张,■■■,什么也没有发生,只需要等目标出现就行了。我们两个老家伙就能抓住他,不必动用机甲。"

"是,长官,机甲原地待命。"

"放轻松点,小朋友,那家伙还在上边加班呢,一时半会儿还下不来。这是咱们三个的专用联络频道,不会有别人在的。难道你们平时出任务都不说话的?"

"长官,无线电沉默原则是战术基础,出勤时如无必要则尽量避免。"

"不必叫长官,就叫名字好了。■■■,今天的任务很轻松,就是等那家伙下来,然后抓住他,仅此而已。"

"是,★★★★,还有……"

"▲▲▲▲▲。"

"★★★★和▲▲▲▲▲,两个老不死的,哈哈。"

"……明白,▲▲▲▲▲。"

"说真的,我打赌今天你的机甲派不上

用场,要赌一把吗,■■■小朋友?"

"……"

"别跟他打赌,你输定了。小伙子,你在这只是作为保险,局长把你调来是为了强调这个目标的重要性而已,免得有什么意外他也能说做了充分准备。不过哪怕有意外,也不会是需要机甲出动的状况。"

"……为什么?"

"你看看咱们这是在哪?市中心的写字楼。在这么高档的写字楼里上班的,能有什么危险分子?跟你说,缉毒局在这些地方抓的人,全是一帮头脑发达四肢简单的家伙。就算只有我们两个老东西,抓一打这种"弱鸡"也不费吹灰之力。"

"这么一说起来,我就想到了从前。你说要是当年在边境的时候有机甲就好了,那些毒贩可全是亡命之徒，哪天不是真枪实弹的生死相搏？现在，当年那些毒贩的饭碗都被卖电子迷幻剂的这帮家伙抢了，办案没以前那么危险喽。不过也正因为如此，缉毒局才不断被边缘化，咱们的工资也被砍了一大截。"

"我们特警队和缉毒局的合作不多，我也是第一次参与。上边那家伙就是卖电子迷幻剂的毒贩？"

"这个目标不算毒贩，只是设计 AI 的程序员，抓他之后还不一定能定罪，我们只是需要他供出卖了 AI 给谁而已。其实，他有点像从前那些卖感冒药的家伙。"

"感冒药？"

"你们这些年轻人估计没听说过，从前的感冒药里边可以提炼出麻黄碱，然后精炼出安非他命。你能把卖感冒药的人当作卖安非他命的抓起来吗？不能。只要他没有提炼麻黄碱，也没有证据说明他清楚买药的客人是为了提取安非他命，就拿他没什么办法。"

"不对，上边那家伙还不算卖感冒药的人，顶多算卖玻璃试管和烧瓶的人。他制作一种易操作的动态分析调节脑神经网络的AI工具，卖给那些自称'艺术家'的买家。然后那些'艺术家'就把这个AI工具加进破解的VR头盔，鼓捣自己的大脑，比如一股脑磕上五份多巴胺、两份催产素、一份紫红色频闪、半份皮肤潮热等诸如此类的乱七八糟的配方。等他们找到一种足够独特的刺激配方，就会记录下此刻大脑进入的特定状态。接下来就是不断调整试错，排除无用的附带激活点，去掉带来不适副作用的激活点，提取出最简化稳定的刺激模型，获得可重复的稳定幻觉，这样一款电子迷幻剂的'母带'就生成了。后边还有把母带加入限制使用次数模块和加密封装的程序员、在 VR 聊天室兜售成品的贩子，这才能卖到人们手上。"

"VR 头盔……我侄子就有一个，新视界Ⅱ型。"

"我建议你务必联系他的父母，让他们开启家长控制模式。然后还要定期突击检查，看头盔是不是装了破解程序。"

"他成年了。"

"那就看开点吧。那些'艺术家'最关心的是呈现的效果，不会特意添加成瘾刺激。绝大部分电子迷幻剂都没有成瘾性，不像传统的毒品副作用那么严重。"

"我的老搭档啊，照我说那可就未必了。一开始他们就是照着传统毒品抄的。我记得第一款类大麻电子迷幻剂,开发者就用破解的头盔记录下了自己吸食大麻时的大脑成像模型,然后再用头盔的刺激功能刺激同样的神经元,试图重现吸食时的感觉。不过,和其他抱有同样想法的早期开发者一样,他并未成功。脑神经网络太复杂了,而且每个人的都不尽相同,即使是刺激同一个人同样位置的神经元,也不能保证每一次都重现相同的状态,还可能产生抽搐、疼痛这些副作用。再后来有了开发动态分析 AI 的程序员,大量狂热的'艺术家'也开始加入,才有了现在的电子迷幻剂……"

"嘿,别扯这些了,不要把新来的小朋友给吓着了。"

"我不是开玩笑。你还记得吗,我们抓过的一个'艺术家'说,他越是深入研究,就越发觉人类的感官是有极限的，所以他要让人们看到眼睛无法看见的光，听见耳朵听不到的声音。那不就是嗑药才能看到与听到的吗？"

"得，又来了，那你总得承认，多数电子迷幻剂都没有什么副作用吧。要不为啥政府没把使用体感VR头盔列为违法行为斩草除根，而只是把电子迷幻剂丢给我们缉毒局管？人们只是习惯性地害怕而已。我看这东西迟早会跟以前的大麻一样，慢慢走向正常化。"

"大错特错！管得那么宽松是因为 VR产业派人在暗中游说。每一次大地震肆虐过后，VR 产业规模都要暴涨一番，现在据说要以万亿计，谁也顶不住禁用体感 VR 技术的后果。"

"那好，▲▲▲▲▲，我就问你，你是不是也有个头盔？我听你老婆抱怨过，休息的时候你都自己关在房里玩得不亦乐乎不肯陪她，有没有这事？"

"……辩论归辩论，你怎么扯这个？算了，不和你争了。"

"反正我看电子迷幻剂的危害其实没那么大。有了 VR 头盔这东西后，总会有人开始鼓捣自己的大脑，在有迹象证明他们危害了别人之前，没理由去抓他们。"

"我倒觉得，一定会有人利用这个干坏事。"

"那当然，我的小朋友，利用破解 VR 头盔干坏事的大有人在。调查局一年前才专门成立了一个部门查这些事。严格说来，电子迷幻剂其实也该归他们管，划到缉毒局头上我觉得只是给我们这些老家伙的福利，好歹我们以前出了那么多力气，给我们点事做继续领工资到退休也是应该……"

"收声，该干正事了。电梯动了，那家伙要下来了，准备……"

07

喝下胡安准备的果汁后，安洁莉娜并没有什么奇怪的感觉。

她一边等待着胡安准备校准程序，一边戴上AR（增强现实）眼镜靠在沙发上浏览社交网站，直到胡安说准备好了，她才重新戴上VR头盔。互动专辑瞬间便载入完毕，大明星卡米洛近在咫尺，安洁莉娜几乎可以感受到他的呼吸。她情不自禁地伸出手，手指直接穿过了卡米洛的皮肤，却没有任何触感反馈。毕竟这专辑是按照全年龄互动产品发行的,其中的人物被禁止添加直接身体接触的互动。

即便是这样,卡米洛近在咫尺的场景也足够让安洁莉娜兴奋得大叫了。以往,她会保持着兴奋和激动听完整张专辑,但今天不知怎么了,她总觉得有些提不起劲,脑袋上的 VR 头盔似乎在嗡嗡作响,视野变得有些模糊,连精神也逐渐困倦,让她抑制不住地合上了眼帘。

醒来之后,她发觉天已经黑了,专辑早已播放完毕,而她的脑袋仍昏昏沉沉的。胡安扶着脚步踉跄的安洁莉娜出了门,替她叫了一辆回家的出租车。就在胡安攥着她在路边等待出租车时,马路上忽然有辆车像是失去了控制,轮子一歪朝他们撞了过来。

胡安用力把安洁莉娜推到一旁,自己却来不及闪避被撞倒在地。等安洁莉娜回过神来,胡安已经倒在地上,抱着左臂一直呻吟。安洁莉娜的脑袋依旧昏沉,后续的事她记不清了,似乎那辆老旧轿车的驾驶员是某个同学,于是胡安说不用报警。

出租车把安洁莉娜带回了家,她一头倒在床上昏睡到转天一早。醒来后她没发觉有任何异样,于是匆匆洗漱打扮,赶在第一节课开始前来到了学校。在走廊上见到左臂戴着夹板的胡安,她才想起前一晚发生的事,便走过去询问胡安的伤势如何。

就在这时,奇怪的事情发生了。

在和胡安说话的时候,她忽然觉得他异常帅气,似乎整个人都在散发淡淡的光芒。她变得有些紧张甚至可以说是激动,手心开始出汗,呼吸和心跳也不自觉地加速。察觉到自己的情绪变化,她吓了一跳,赶忙结束谈话,快步走到自己的座位坐下，闭上双眼深呼吸，试图平复下来。她觉得有点奇怪，明明胡安和"帅气"这个词根本不沾边。在她的记忆里，胡安虽然不是特别让人讨厌，但也从来说不上有好感。

这是怎么了？自己怎么会觉得胡安帅气？安洁莉娜想不明白，莫非是自己的审美出了问题？

一整天里，安洁莉娜都刻意让视线避开胡安，放学后她跟小姐妹们一同离开学校时，一辆红色跑车停在了她们面前。开车的是校足球队队长，家里很有钱，身材高大又擅长运动，是全校最受欢迎的男生之一。他从容地和这些最受欢迎的女生搭讪，提出可以送她们回家。

安洁莉娜端详了一下这位足球队队长，发现自己觉得他还是和从前一样英俊帅气，她的审美没有出现问题。可胡安又是怎么回事？客观地说，他的脸并无优点——扁圆的脸型、塌陷的鼻梁、宽大的鼻翼、厚厚的嘴唇,眼睛小且过于分开。可她一旦回想起早上在胡安面前的情形,事情就变得不同了——这些五官组合起来之后,胡安的脸就变得十分特别,即使只想起那张脸,她也会变得兴奋激动起来。

安洁莉娜越想越困惑,打发走朋友们之后,她拨通了胡安的电话,约他到咖啡馆见面。

同样的反应再次发生,眼前的胡安似乎比早上更帅气逼人,甚至闪闪发光。安洁莉娜都不知道自己说了些什么,她兴奋激动,对胡安涌出难以抑制的好感,想要亲近他、碰触他。等她回过神来,发觉自己已经握住了胡安的右手……

"不必那么客气,当时我只想着不能让你受伤,这是一位绅士应该做的。"胡安反握住她的手说道。

安洁莉娜脸上有些发烫,连他的声音似乎也

变得悦耳动听。

　　胡安不疾不徐地继续解释，说他只是下意识地想要保护安洁莉娜，并没有多想什么，完全不需要任何报答。

　　多么谦虚，多么有绅士风度！或许这就说明在胡安的内心深处，自己比他的生命更加重要！那些富家公子哥肯定是做不到的吧。或许是因为看清了胡安的本质，自己才被他吸引？要不然怎么解释自己的反应？

　　应该就是这样。安洁莉娜为自己找到了一个"合理"的解释。

　　从那之后，安洁莉娜越来越频繁地跟胡安待在一起，两周后她正式宣布胡安是她的男朋友。同学们都感到诧异，男生们更是懊悔不已，纷纷感慨如果能像胡安一样坚持下去，说不定在安洁莉娜身边的就是自己了。

唯独死党华金感到疑虑重重,因为那天开车撞过去的就是他,而他可不是偶然经过胡安家的,那是胡安计划好的英雄救美戏码。原本华金只是想着胡安实在可怜,就陪他最后胡闹一场,让他彻底死心,没想到他居然成功了。

　　华金不相信一场假车祸就能俘获安洁莉娜的心,于是他在放学路上叫住了胡安,想问清楚事情的真相,但胡安就是不肯告诉他。

　　"好吧,既然连我也不肯告诉,那说明你不再把我当朋友了。"华金叹了口气,"这件事我总觉得有什么猫腻,而我现在又没法判断究竟有多严重。所以,我会把帮你制造车祸的事情告诉父母和校长,就让他们来判断吧。"

　　华金说完转身准备离开,胡安一把拉住他的背包,犹豫了片刻之后,把他拉到一个无人的角落,决定坦白。

"好吧,兄弟,我会告诉你发生了什么。我发誓不会向任何人提起你有参与,有事我会全部扛下来。不过你也不能告诉别人,你能发誓吗?"

华金想了想还是答应了,于是胡安才将事情的原委和盘托出。实际上那场假车祸几乎无关紧要,只是一个用来掩饰的表象而已。即使没有那场车祸,安洁莉娜也会无可救药地爱上胡安。

那天,化身大热狗的迷幻药贩子给胡安介绍了另一个人,那个人最后卖给胡安一套破解 VR 头盔的程序、一个镜像神经动态分析 AI、一套定制的镜像神经重塑程序以及配套的磁解干预药剂。

通过破解的 VR 头盔和 AI,胡安扫描解析了安洁莉娜的镜像神经系统,然后根据她的大脑生成定制施术方案。在安洁莉娜喝下带磁解干预药剂的果汁后,VR 头盔通过精密经颅磁刺激将药剂定点释放,抑制或激活特定的脑神经元。

"你重塑了她的镜像神经,让她改变了想法,爱上了你?"华金其实没完全听懂。

"严格来说重塑镜像神经的作用不是那样,重塑改变不了人的意识。"胡安说,"按卖家的说法,这个定制程序只是嫁接了大明星卡米洛的表征到我的身上。只要她看到我的样子,她的潜意识负责情绪的部分就会识别为看到了卡米洛,从而产生相应的情绪和感觉。她越是喜欢那个大明星,见到我的时候就会越喜欢我,而她自己并不知道这一点。"

"可为什么需要我来帮你制造假车祸?"

"这也是卖家的建议,如果她忽然发现自己无缘无故变得特别喜欢我,肯定会觉得自己出了什么问题。车祸可以给她一个合理化自己感觉的理由。"

"我觉得……这样已经算是犯罪了。"

"就修改了一点点而已，没什么危害的。"

"可是，这样是强迫她做了她不喜欢的事，她原本不可能喜欢上你的。你不该这样。"

"我不该这样？而她就该那样对我？"胡安大声吼了起来，"想想那些录音！她们是怎么说我的？胆小的色胚、恶心的呆货，是不是？如果是你被这么说，感觉会很好吗？就许她对我使坏，不许我对她使坏？"

华金默默看着愤怒的胡安，最后还是说道："这不对，我还是觉得这不对，你这是在玩火……不过，我不会告发你的。"

"谢了，兄弟……"胡安如释重负。

华金摇摇头："我会当作不知道这一切，也不会告发你，但以后咱们不再是兄弟了。再见了，胡安。"

胡安紧咬嘴唇，眼睁睁看着华金离开。他不认为自己这么做有什么错，他十分享受这种感觉。如今安洁莉娜对他不仅是喜欢，而是像崇拜大明星卡米洛那样。安洁莉娜在他身边时所感受到的那种兴奋激动的喜悦也是实实在在的，她并没有受委屈。

更何况，这是安洁莉娜欠他的！她那样羞辱他，而他又付出了那么多，为什么他就不能得到点什么？

表征,是触发特定情绪的前置条件之一。

有一个很适合说明表征作用的视错觉图形,名字叫鸭兔错觉图,那是一幅既可以看成是鸭子也可以看成是兔子的图像。一部分人会把图中两条长长的东西看作鸭子的嘴,另一部分人则把它当成了兔子的耳朵。在得到提醒后,多数人可以在鸭、兔两种认知中进行转换。

从心理学上讲,鸭兔错觉图是格式塔心理学的典型例证,表明整体决定局部的性质,局部只有依存于整体才有意义。我们识别一样事物依靠的是它的局部表征（鸭子长而扁的嘴或兔子长长的耳朵），进而形成整体心理图像，获得那是鸭子或兔子的认知。

再举个例子。假设你在一个晚上醒来，想去洗手间但又不想开灯刺激眼睛，于是你借着暗淡的月光摸索着去了洗手间。在回卧室的路上，你隐隐约约看见餐桌上的盘子里有一个红色的苹果。天亮你才发现，餐桌上并没有苹果，只有一个红色的塑料球放在盘子里。

通过红色、拳头大小、在餐桌上这几个表征，你下意识地在脑海中建立了一个苹果的心理图像，但现实则未必如此。我们的认知能否反映真实情况，就取决于从表征提取到形成心理图像的识别过程。

基于表征提取的识别过程，同样是具身模拟

机制中不可或缺的环节。

在动作链机制中,识别环节所需要提取的是动作表征,进而形成相应的一系列动作的心理图像,最终理解他人的动作意图。

而在共情发生机制里,首先需要识别的表征则是:对象是不是人或者是否像人。

假如看见一只猫咪被毒打虐待,你会忍不住觉得它实在太可怜,以至于怒不可遏地谴责凶徒。可如果是看见两只虫子在打架呢?即使它们被咬断了触角、撕下了翅膀,你多半也不会觉得它们可怜,不会去想象触角被咬断有多么痛苦。因为你不是虫子,没有翅膀也没有触角,具身模拟机制一般不会被触发。

或许仍有个别人具有丰富的共情能力,会替虫子感到痛苦和可怜,那么倘若换作两块石头呢?如果是两块石头不断地相撞,直到它们碎裂崩解,我们会产生石头很痛苦的感受吗?不会,至少不十分刻意地去想就不会同情石头,否则的话只要想到周遭所有建筑物里都含有大量碎石,我们的情绪就会崩溃。

在识别出对象是人或者具有与人相似的表征之后,我们会进一步提取更多表征以开始下一个环节:判断。

识别出是亲人朋友,我们自然会有亲近而喜爱的情绪产生;识别出是陌生人,我们就未必会产生共情和同情;而识别出那是讨厌憎恨的人,即使看见他们受到伤害,我们所产生的情绪也很可能不是同情和可怜,而是大呼解气的痛快。

也就是说,判断环节,对象的不同决定我们该不该产生感觉和情绪,以及产生哪一种感觉和情绪。之后,最终的模拟才会启动,镜像神经系统会根据已经建立的心理图像,产生匹配那个人或场景的感觉和情绪。

识别、判断、模拟，不论具身模拟机制哪一个环节出了问题，都会导致当事人的认知和行为产生变化，严重的甚至可能无法继续正常生活。

08

潘多拉的魔盒业已开启。

康斯坦丁实验室的 AI 具身学习实验，解码了镜像神经系统的功能机制。而饱受批评的抑制同情心实验被黑客曝光后,镜像神经系统模型流向公众,人人都能获取模型并以此分析任何一个大脑的镜像神经系统。最后是破解体感 VR 头盔和磁解干预药物的广泛流传,让精度达到单个神经元级别的大脑重塑技术的门槛大大降低。

至此,普罗大众只要肯冒风险且抱有强烈的

意愿,总能找到实施镜像神经重塑术的门路。

然而,即便有了整栋大楼的详细蓝图,也不意味着谁都可以轻松判断拆掉哪一面墙、哪些支柱大厦百分之百不会倾斜倒塌。非专业人员无法预料具体的修改会产生怎样的效果,就连专业的研究者也难以保证重塑的成功率。因为每个人的大脑和康斯坦丁实验室的模型都不完全重合,细微的个体差异决定了哪怕是已取得成功的重塑方案,套用到另一个人身上时也未必能重现完全相同的效果。

因此,在民间大规模实施镜像神经重塑术之后,各式各样的失败案例层出不穷。许多人冲动地使用了长效癫痫抑制药物,永久性地改变了自己的大脑;有人为了减弱同情心而接受重塑,结果踏上了大卫的老路,患上了后天获得型自闭症;有人想要强化同情心,结果同情心变得过分强烈而收养了一屋子流浪猫狗、蜥蜴、蛇、鸟等动物,且无法再接受任何肉类食品,只能成为素食者……

他们一厢情愿地把重塑术想象得过于美好,轻信各种兜售独家重塑程序的中间商,结果手术效果与当初的承诺有所出入,带来了意想不到的损害。

不过,只要足够专业而且幸运,仍然有技术层面上十分成功的案例存在。这其中最成功且波及面最广的一个,出现在一个大毒枭掌控的偏远角落。

那是一个贫瘠的地区,被毒枭武装集团统治多年,势力范围内多达数万人,当地政府早已无力组织全面武装围剿,那里俨然成为毒枭集团割据的小小王国。在毒枭集团内部,其最高统治者面临着严峻挑战——独断专行下的不满和怨恨不断累积,已经隐隐出现全面爆发的迹象。倒台危机近在眼前,最高统治者便把永续统治的希望押注在了镜像神经重塑术上。

统治者的重塑意图是,为他的形象表征设定一个特殊的触发机制,只要民众的大脑一识别到统治者的形象表征,接下来的判断和模拟环节就会调用特定情绪,下意识地产生强烈的喜爱和敬畏。

为了实现这一目标,他不吝重金秘密聘请到一个成员分布在世界各地的匿名专业技术团队。让他喜出望外的是,目的如此复杂且需要普适数以万人计的重塑方案,在初步的小规模实验中取得的效果竟出奇完美——98.6%的人在施术后反应完全符合预期。

统治者对实验结果十分满意,立即决定全面实施。他谎称得到情报,已有外来间谍渗入集团当中,需要所有民众配合进行测谎排查。而测谎排查所用到的,自然是可以重塑神经元的改造VR头盔。

与此同时,政府早有间谍渗透进了毒枭集团,并且通过种种蛛丝马迹预先知晓了大毒枭的计划。他们意识到,这是一个千载难逢的机会。

在毒枭集团地盘内 90% 的成员都接受了重塑手术之后,政府发起了行动。参与行动的军人有数百人,他们在众目睽睽之下在毒枭武装掌控的地区一路通行无阻,因为他们都戴上了一早准备好的硅胶面具,面具上正是统治者那张脸。

先头部队首先直奔毒枭集团的信息中心,强制内部网络和电视上全部播放一段视频,称全境进入全面封锁,命令所有人原地待命,不得开火也不可逃入密林。视频里命令的发布者,正是用深度伪造技术合成的假冒统治者。

随后戴着面具的部队长驱直入，直奔统治者府邸生擒了他。整个过程中政府军仅仅遭遇到零星抵抗，直到他们将大毒枭押在皮卡上游街，毒枭集团绝大部分目击者仍处于无所适从的震惊状态。

这次行动如此成功，究其根本就在于统治者的这项镜像神经重塑术实在太过有效了。硅胶面具所呈现的统治者的外貌表征，触发了目击者下意识的敬畏和完全服从。他们在某种程度上能意识到硅胶面具是假的，可大脑的下意识区却给出了相反的判断，让他们陷入混乱和震惊，不知该做出什么样的反应，只能选择什么也不做。

令人难以理解的是，如此显而易见的漏洞，在手术研发和实施的过程中竟无一人提醒那位统治者。这究竟是纯属偶然，还是参与者们暗地里保持着某种默契，甚至是内部的反对者也在其中发挥了莫大的作用？短时间内恐怕很难得出结论。

但无论如何,特大毒枭集团被轻松剿灭的报道掀起轩然大波,人们忽然意识到能造成如此严重后果的 VR 头盔竟唾手可得，严控体感 VR 头盔的呼声随之此起彼伏。可相关产业所涉及的产值何止万亿,其影响力堪比当年智能手机掀起的移动狂潮，没有政府可以承受全面禁止的代价。各国政府可以做的,除了立法限制重塑的施术方案外,就只有严控磁解干预药物。一时间,治疗癫痫的药物堪比当年的强效毒品,成为昂贵的地下药。但有需求就有供应,只要付得起费用,总能在黑市以及那些对此抱持不同立场的国家买到。

那些抱着种种期望和目的的人继续尝试着重塑自己或他人的镜像神经系统,改变大脑的原生功能机制。基于原始镜像神经系统模型开发的解析 AI 层出不穷，相应的磁解干预药剂在不断研发、更新换代；在政府和医学领域之外，种种民间方案也在持续进化。

在更为精细的重塑尝试中，有人试图做到在特定条件下才触发同情，也有人想做到在特定条件下不触发、强化或减弱等。有人试图在观察识别阶段进行干预，也有人着眼于在后续的判断或模拟环节上进行改造。

至此，镜像神经重塑术已经不可能从人类社会中被完全清除。无论是福是祸，它都将陪伴着人类一起，不断地改变、演化。

09

入住精神病院后，索尔作息规律，身体也没有因心理问题而产生毛病。他总是选择一个人待着，吃饭洗漱等生活需求都可以在房间里完成，偶尔到院子里散步时他也会避开其他人，躲得远远的。

他的房间里没有 AR、VR 设备，休闲用品只有一套音响、一些实体书籍，以及一部只能显示文字的电子书。在物理和心理上，索尔都将不必要的人际接触减少到了最低程度，连亲属探访都拒绝了。

主治医生告诉索尔的母亲和堂兄,他的孤僻行为是难免的——失去了重要的下意识理解能力产生严重的交互障碍,选择独处让自己舒服一些并不难理解。

可医生没有告诉他们,索尔会在房间里吼叫哭泣,常常把枕头、被子狠狠摔到墙上。不过这些行为在精神病院里只是小儿科,医生也知道他是在发泄,精神正常的人落到此等境况,都难免会有情绪。况且医生并没有找到解决索尔问题的办法,就不必把这些告诉他的家人徒增烦恼了。

母亲和堂兄得到的建议是,可以保持定期探访,即使索尔不肯见面,也可以留下刺激小一些的录音。医生会把录音转给索尔让他自行处理,或许他会慢慢想通。在许多案例中,亲人的支持能对患者的恢复发挥重要作用。

母亲和堂兄别无他法，只能接受这样的探访形式。之后母亲一般隔上三五天就会探访一次，有时候一周能探访三次，其他亲属会偶尔跟着一起探访，堂兄则是一周至少一次。

一开始辛西娅总是想着要怎么安慰索尔，要怎么道歉才能让他肯见自己，后来她听从医生的主张，改成分享日常发生的事情，即使是再烦琐的小事都好，来自外界的新信息没准能刺激脑神经网络发生变化。

辛西娅的录音一般会从天气开始，说到早上遇见了谁、午餐做了什么吃的，她还常常会做索尔爱吃的芝士面包和黑豆炖肉带过来。偶尔她说着说着便勾起了回忆，讲起索尔小时候的事，例如他抱着小流浪狗不放求着她收养，下雨天和哥哥菲利斯在泥地里打滚玩得不亦乐乎，弄坏了老爹的烟斗后哥哥替他顶罪被揍了一顿，等等。

利奥则不擅长这些，他的录音只会直来直去地一个劲儿劝索尔不要难过，这没什么大不了的，相信他一定能够克服。他代替叔父们承诺，无论如何都会照顾好索尔这个家人，说大家都希望索尔能回家来一起生活。

而他们都没有说，索尔在精神病院的费用有多高，家里需要怎样节省开支来应付。堂兄也没有说，经济持续低迷和不停找麻烦的警察让"治安税"收入下降了不少，为了给索尔付住院费，他们不得不让出一些地盘给绿鸦帮。

一晃半年过去了，索尔还是不接受探访。即便如此，母亲和堂兄仍坚持每周都会到精神病院进行单方面地探访。

虽然探访的情形没有多大变化，主治医生却发现索尔已经有所改变。他发泄情绪的频率变得越来越低，最近两个月已经不再发生，并开始索要一些医学书籍进行阅读。他仍旧和其他人保持距离，但会花上更多的时间在院子里，时常久久凝视着一个方向仿佛进入了禅定。近一个月以来，索尔开始在房间里打开音响试着听母亲和堂兄留下的录音。

检测显示索尔被抑制的脑神经并没有恢复的苗头，但医生知道肯定有某种变化在他的内心发生。

果然，又过了一个月，索尔主动找到主治医生，艰难地尝试进行沟通，说明自己需要医生的意见和帮助。即使当下的医疗技术没法让他恢复正常，他也希望通过自己的努力重获理解能力。

进行了十分吃力的多次商讨之后，索尔打破了自我孤立状态，索要了一副 AR 眼镜，连接上网开始接触外界信息。他同时开始接受家人的探访，虽然在面对面谈话时他常会进入一种神游天外的茫然状态，但偶尔他也会表露出在努力思考理解的神情，甚至在分别时会嘴角上翘尽力微笑。

索尔究竟在试着做什么呢？原来经过半年的挣扎和思考，他请医生帮忙制定了一个另辟蹊径的计划：绕过已被严重抑制的下意识区域，利用主动思考推理来实现意图理解，重获理解他人的能力。

打个比方，在一个人眼前撒下一小撮豆子，只要豆子总数不超过 7 颗，大多数人扫一眼就能通过直觉识别出究竟有几颗。而如果某人不具备这样的能力，或者说豆子数量远远超过 7 颗，那么他还能否得知豆子有几颗呢？答案当然是可以，他只需要一颗颗豆子点数过去就行了。

如果是再复杂一点的任务，例如需要计算 7 乘以 7 的答案，从未背过乘法表或是连乘法都还没学过的人，能否得到正确的答案呢？当然也一样可以,只需要懂得加法计算,然后进行累加即可。甚至只懂得数数的人也可以画上 7 排竖线,每条竖线上点 7 个点,然后通过数总共有多少个点得到答案。

索尔尝试的就是类似的方法——既然无法通过镜像神经下意识理解涉及他人的动作意图,那就绕过它,先把对方当作木头、石雕等"非人"的事物,将它们的状态转换成场景中的位置和运动描述,再通过意识的主动逻辑推理出它们的意图。尽管这么做比起正常的下意识判断速度要慢得多,至少可以达到相同的理解目的。

世界上从未有类似的案例,索尔无从获得经验,只能在医生的建议下自己摸索尝试。就像是从零开始研究一门崭新的语言,个中艰辛他人难以想象。索尔一改前半年的颓废,一度像期末赶考的学生般废寝忘食。

经过三个月的不懈努力,索尔获得了显著的进步。他开始能够和别人简单交谈,只不过对方每说一句话他都要思索好几十秒甚至几分钟才能做出回应。递给他一个苹果,他只需要十来秒的反应时间,就能伸出手接住;如果是递给他别的东西,或是递东西时顺带说一句话、摸一摸脑袋,他就需要重新推理一番,花上好几倍的时间才能做出反应。

除了表面上的进步,主治医生发现索尔的大脑发展出了某种代偿功能。就像盲人的其他感官会变得更灵敏,甚至有一个案例里盲人不依靠任何外部设备,只通过自己的嘴和耳朵就建立起一套类似于蝙蝠的声呐感应系统。或许在索尔不懈的自我训练下,他也产生了类似的代偿机制。

总而言之,索尔的努力没有白费,又过了一段时间,他出院了。

∠10

嘀嘀嘀,耳机里响起了刺耳的任务通知。

艾米按下应答键,一个中性的声音告知她:"F区,26货架有顾客需要人工服务,请尽快前往。"

"收到。"艾米应道。

电驱平衡车迅速把她带到了26货架,一个穿着无袖背心露出黝黑粗壮的手臂、蓄着络腮胡的男人正站在货架前,掂量着手中的大锤。

"你好,先生,有什么能帮到你吗?"艾米问。

那顾客转过头来,眼睛一亮,轻轻吹了声口

哨："嘿,下午好,想不到在这里能遇到这样一位可爱的姑娘。"

艾米心里的警报声大作,但她只能挤出标准的服务微笑,礼貌地回应:"下午好,沃尔连锁欢迎你的光临,我是本店的综合咨询服务员艾米。"

"艾米,艾米,好名字,我姐姐有个孩子也叫这个名字,跟你一样可爱。你是最近才在这里上班的吗?我以前好像没见过你……不,你肯定是最近才来的,我不可能忘记这么可爱的一位姑娘……"

"这位先生,"艾米打断他,"请问你有什么问题呢?"

"噢,当然,我有问题,这个问题就是——你什么时候下班?瞧,我知道附近有个酒吧……"

"先生,"艾米继续打断他,"我看见你手上正拿着本店的一件商品,请问你是不是对手上的商品有什么疑问,才按下了人工咨询服务按钮?"

"噢，噢，是的。"男人仿佛才想起手上的锤子，双手举起说，"我想问的是，这锤子能不能一击毙命？"

一击毙命？艾米直想抓着自己的头发大喊，可她还是只能尽量平静地继续问："请问你打算用这把锤子做什么呢？"

"我是想问，这把锤子能不能一锤子下去，就把……"男人用左手比了比胸口的高度，"……这么大的动物敲死。我问过你们的 AI 了，它净给我说这锤子的重量、材料、生产厂商什么的，根本理解不了我究竟想问什么。我就想找个趁手合适的，够用就好，能一锤子下去解决就行。"

艾米默默深吸一口气，说："听起来，你是想用这个敲牛呢。我想提醒一下，私自宰杀牛是不合法的。"

"不不，不是牛。就这么大的动物……比如说鳄鱼或者野猪。对,就是野猪,你可不知道野猪的脑袋有多结实,我比画这么大的动物,意思是说这么大的动物头骨大概跟野猪的头骨差不多坚固。那些野猪可太烦人了,把地给翻得不成样子,不把它们干掉可不行。"

绝对是私自宰牛了,艾米轻轻皱了皱眉,传说被锤杀的牛肉质会更加美味。如果是要干掉鳄鱼或野猪,不太可能把它们绑起来再一锤捣碎天灵盖,直接喂它们子弹可省事多了,在得克萨斯不这么干才是不正常。

那人似乎注意到了艾米的表情,连忙问道:"等等,你觉得这么做不对? 你该不会是城北那个社区的人吧?"

"不是。"艾米再度挤出微笑。严格说还不是,艾米在心里说,况且她并不想把住址暴露给这样一个陌生人。

"不是就好。"男人似乎松了口气,"我还以为你连野猪也同情呢,那些慈爱社区的娘炮才会这样。我就不明白了,为什么那些敏感的北欧人先提出的玩意儿,连他们自己都没能建起来,这帮阿拉斯加佬就先搞起来了? 如果我当州长,我就先拆掉那个社区,然后把阿拉斯加佬全赶到新墨西哥去,得克萨斯不需要这些……"

那你为什么还待在新阿拉斯加城这啊? 艾米不禁在心里嘀咕。不过她一直谨遵店内规矩,绝不激怒客人,任凭对方东拉西扯,全程保持友善的微笑。最后客人听了她的建议,买上三把不同尺寸的大锤丢进了皮卡车厢。

一整个下午,艾米的心情都没好起来。终于等到下班回家时车子还报警电量不足,她只好关闭了空调节省耗电,顶着傍晚灼人的热浪,慢悠悠地开着车一路向北,还好电量勉强撑到了她回到慈爱社区。

艾米把车停好,推开堂姐家的门。侄女莉莉一听到开门声,就咚咚咚地跑了过来。

"欢迎回来,艾米姑姑。"小侄女冲过来抱了一下艾米。

堂姐凯茜也闻声走了过来:"欢迎回家,今天工作怎么样?感觉还好吗?看你这满头大汗的,怎么了?我明白了,又是那辆车,噢,可怜的艾米,来。"她也给了艾米一个拥抱,然后替她抹了抹额头上的汗。

"没什么的,我习惯了。"艾米说。

"不,我知道的,这滋味可不好受。"堂姐把手压在自己的胸口同情地说道。

"肯定很难受。"小侄女也说。

堂姐接着说:"所以还是换一辆新的吧。不要担心钱的问题,我可以替你垫付的。等你熬过了过渡期,还可以申请社区的交通补贴款。"

"还是不了,住这里已经很麻烦你们了,不能再给你们添麻烦。"

"艾米呀,就别说什么麻烦不麻烦的了,这里是慈爱社区, 相互理解和关爱可是社区的宗旨。况且我们是一家人,更应该相互关心和支持,你说对吗? 不过我也尊重你的想法,只要你有需要,随时可以提出来,好吗? "

艾米点点头,一股暖流在心里流淌,一下午的坏心情也一扫而空。

吃完晚饭没多久,门铃响起,堂姐去应门,过了一会儿又喊艾米和侄女也过去。堂姐捧着一盘馅饼站在门口,门外是她们的邻居泰伦。

"咱们的好邻居泰伦,想请大家尝一尝他太太做的苹果馅饼,看起来做得很棒。"堂姐把头转向泰伦,"请替我们感谢她。"

"谢谢，泰伦先生。"

"谢谢。"

"还有另一件事，"堂姐对艾米和莉莉说，"泰伦打算重新油漆他们的篱笆，想问问我们喜欢什么颜色，你们两个有什么意见？"

艾米怔了一怔，说："这个不归我决定吧？"

"不，你住在这里，你的感受很重要，莉莉也一样，你们的感受都很重要。理解和关爱，不是吗？"堂姐说。

"理解和关爱。"小侄女跟着学了一遍。

泰伦取出腋下夹着的样板书，翻到显示棕绿色样的页面，笑着说："是的，作为邻居，所有人的意见同等重要。如果这几个颜色你们觉得看起来不舒服，我可以换别的基础色。"

⋯⋯⋯⋯⋯⋯

第二天晚上的过渡期成员分享会上，艾米提

到了这件事。

"邻居家会为了改变篱笆的颜色而询问我们的意见,放在以前我会觉得这简直难以置信……"

"他们刷墙的时候也会来咨询你的,相信我。"一个红头发的小伙子说。

"请不要打断别人的话,这不礼貌。"慈爱社区创始人远藤说,"艾米,你继续。"

"嗯,"艾米点点头,"我不是说这不好,我是感慨大家实在太细心了。除了慈爱社区外我想象不到哪里的人还有可能这么做,新阿拉斯加城别的社区或许有那么点可能,得克萨斯其他地方就别提了。如果是在我长大的地方,这么做的结果就是会被人骂神经病,或者被嘲笑是敏感的娘娘腔。"

"没错,深有同感。"红发小伙附和道。

"其实,这正是慈爱社区成立的原因之一,"远藤接过话头,"这个世界的理解和爱仍然过于贫乏，所以具有相同理念的人走到了一起，希望能以实际行动来改变这一可悲的现状。在座的有一些初来乍到的朋友，不如今天大家就分享一下是什么让各位开始认同慈爱社区的理念，是什么时候或者什么事为契机呢？"

轮到艾米的时候，她清了清嗓子说道："我第一次接触爱与理解的理念，就是在这里。我的堂姐凯茜结婚后一直住在阿拉斯加，去年我忽然接到她的电话，说因为阿拉斯加大移民计划她已经搬到得克萨斯来了。等我找到空闲时间过来探望她时，她给我的地址就是这里——新阿拉斯加城北区的慈爱社区。

"我还记得刚下了车准备找路时，就有慢跑者热情地主动问我要去哪，然后陪我走了十分钟把我带到了社区门口。一进社区，就有人主动跟我说早上好，之后走在人行道上，每个迎面走来的人也都跟我说早上好。我很清楚他们都是在跟我打招呼,因为每个人都很明确地将脸正对着我微笑,但我当时却觉得有些困惑,这是在拍真人秀节目还是什么别的? 说早上好没什么奇怪,即使在我以前居住的社区,偶尔还是会有人因为心情不错主动跟陌生人说早上好。但每一个人都这么做,我的直觉告诉自己这不对劲。

　　"后来我弄清楚了,这种事情在慈爱社区并不奇怪,只是自然又普通的日常而已。我遇到的每一个人都是真心地发出问候,这里的每个人都真切地关心他人的感受,即使是非常非常小的事——例如改变篱笆的颜色——都能做到细致入微地替别人着想,努力创造人人感到舒适的和谐环境。

　　"在慈爱社区,我感到特别温暖和舒心。这是一种前所未有的体验,我的心情更好了,也相信慈爱社区能让这个世界变得更好。所以今年我决定搬过来试试，我在新阿拉斯加城找了份工作，现在是我过渡期的第二个月。"

"讲得很好，艾米。"远藤带头鼓了鼓掌，"相互理解和关爱，这就是我们慈爱社区一直在追求和实践的。慈爱社区的创始成员相信，理解和关爱的相互反馈增强会产生强大的力量，使我们度过的每一刻都更加快乐和幸福。而达成这一切的基础，就是时刻保持强大的共情能力。

"将来当你们做了增强共情功能的镜像神经重塑术后，你会发现强大的共情成为自然而然的能力。强化共情能够让你更敏锐地感受到他人的感受，对于你关心爱护的人，他们失望你就失望，他们沮丧你就沮丧，所以你自然就会避免让自己和他们落入负面情绪的旋涡。

"当双方都有强大的共情力时，只要你通过

行动和言语把爱传递给他们，他们就会反馈同等甚至更强的爱。向外付出与收到对方反馈这两个方向的爱，会在镜像神经系统里叠加起来产生正反馈效应，不断螺旋上升、放大增幅。双向正反馈增幅的爱是一种无与伦比的感受，是往往只有在至亲至爱身上才能得到的强烈的快乐和幸福。相信你们当中的一些人已经体会到了，在慈爱社区里这种感觉在日常生活中频繁得超乎想象。

"这就是慈爱社区在实践的，我们通过技术手段强化共情，把理解和爱固化为基本的神经反应。有越多的人加入我们，就会有更多的理解和爱，这个世界就能变得更加美好。但是……"

远藤顿了一顿，举起右手伸出食指表示强调。

"……我必须要重申的是，虽然慈爱社区这项镜像神经重塑方案已经通过政府审批，只是整体增强共情功能，但毕竟干预药剂的效果至少会持续半年而且有低概率造成副作用。为了保障新加入成员有充分的时间考虑和适应，我们要求新加入者至少经历三个月的过渡期，来体验和了解社区的一切。希望各位能认真审视，慎重考虑，做出不会后悔的决定。"

不过艾米已经等不及了。她早就决定等过渡期结束就加入，这没有什么可犹豫的吧。

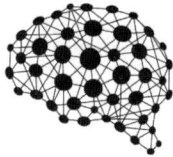

情绪或感觉的自我强化，和过往经历的调用与模拟关系密切。

牛津大学的查尔斯·斯彭思做过一个有趣的实验，他让受试者戴上耳机去试吃两轮薯片，并要求他们边吃边为薯片的脆度打分。

所有受试者都认为第二次试吃的薯片脆度有所提高，且提高了不少，平均值是 15%。然而，两轮试吃的薯片其实出自同一包，脆度、鲜度完全一样，唯一的不同只是受试者听到的声音——

耳机中播放的都是他们自己吃薯片时发出的咔嚓声,而在第二轮试吃时斯彭思悄悄提高了咔嚓声中的高频音量。

实验证明,我们不仅通过嘴感受脆度,耳朵也同样给大脑提供了声音信息,用以判断食物的脆度和新鲜度。更尖锐的咔嚓声可以让大脑模拟出并不存在的更高脆度,改变现实咀嚼所反馈的感觉。

在这当中起作用的是具身模拟机制的示能性。哪怕只有薯片发出的咔嚓声,镜像神经系统也会参与进来,调用过去对咬碎薯片的记忆,从而模拟出这个咔嚓声所对应的咀嚼感,得到它有多脆的结论。

示能性所针对的是无他人参与的场景,镜像神经系统通过调用过去和事物互动的经验,判断熟悉或是陌生事物的性质。

这一机制在日常生活中发生得超乎想象地频繁。例如在面对一条陌生的道路时,你会先观察地面判断出是泥沼、沙滩、砖石还是冰面,随后在脑内模拟出脚踩上去是会陷下去、稳当地站立还是会横向滑移的感觉,于是你自然而然地做出反应,预先调整重心和姿势才迈出脚步。诸如此类的反应几乎时时刻刻都在发生,并且都是下意识的,人们往往不易察觉。

而在脑海中模拟自己和一件事物互动,又往往会有伴生情绪随之产生。

回想你吃过的最为酥脆的薯片,你会想起它在牙齿间碾磨的口感、碎裂时清脆爽快的声响,以及你从中获得的愉悦,于是唾液开始不受控制地分泌;回想一件你最喜爱的艺术品,无论你喜欢的是它精密细致的构造、粗犷原始的材质抑或细腻精心的打磨、优美协调的造型,当你想起它时,它曾给予你视觉、触觉等方面的绝佳体验都会同时浮现，让你感到愉悦。

脑海中久远的记忆同样能唤起伴生的情绪。有些印象深刻的记忆不会随着时间而消退，其伴生的情绪也可以长时间存在。童年在大庭广众下出丑、少年时期的体罚虐待、在学校被同学欺凌等记忆可能在当事人的意识中长久存在，每次回想起来，事发时那种强烈的情绪也会随之重现。

一些人的大脑会不受控制地反复回想，当时的情绪也就被反复模拟，于是这些情绪不断地重复、提纯、自我强化，变得非同寻常地强烈。某些退伍军人长时间无法治愈的严重创伤后遗症，就是典型的负面案例。然而其中也不乏正面的例子，例如年少懵懂时初恋的滋味、只在儿时尝过一次的特殊美味，都可能通过不断地回味而成为超越现实的美妙体验。

在特定情况下，一些情绪可以通过具身模拟机制不断强化、叠加，让人获得超凡的极端感受。

11

胡安一开始还战战兢兢，害怕事情败露，但他的死党或者说前死党华金说话算话，始终守口如瓶。后来胡安才慢慢放下了心，享受起安洁莉娜的崇拜。有美丽动人的安洁莉娜陪伴在旁，他一度感到无比自豪且满足。

　　尽管旁人都对两人走到一起感到难以置信，可安洁莉娜和胡安的感情一直没有降温，于是大家也就慢慢接受了这个事实。胡安和安洁莉娜的关系持续到毕业，之后两人进入的大学也在同一个城市,距离不到五公里远,他们甚至在入学三个月后就开始了同居。

在大学里,比胡安有魅力的人更是比比皆是,因此尽管没人能从他手中窃取安洁莉娜的芳心,可他还是不免暗生焦虑。

固然,别人认为两人不般配的眼光有点令他不适,但关键并不在这里,总有人会因嫉妒或好奇去问安洁莉娜,她究竟是因为什么爱上胡安的。

一旦提问的人足够多,安洁莉娜难免会产生疑惑,毕竟那场假车祸提供的理由并不充分,禁不起追问。而胡安也越来越不敢细想,安洁莉娜这么聪明的姑娘,为什么会这么久都没再审视一遍这件事的合理性。

安洁莉娜从未表露出任何怀疑和抗拒,似乎只是单纯地享受着待在胡安身边的时光。

从大学第二年开始,胡安发觉事情不对劲起来。安洁莉娜待在他身边的时间慢慢变少了,她说是因为课业繁重,不得不花更多的时间在学校和图书馆里。胡安心里的不安驱使他悄悄跟踪了安洁莉娜,他发现她并不是把时间花在了学习上,而是跟其他帅气健美的小伙子待在一起,还搂搂抱抱举止亲昵。

报应终于来了吗?安洁莉娜是故意出轨来报复自己吗?她何时会甩了自己呢?胡安开始胡思乱想。但他没有胆量跟安洁莉娜对质。冷静下来之后,他不再那么理直气壮,即使退一万步说,他对她做过的事也比出轨要过分得多。

胡安变得惴惴不安,可安洁莉娜却没表现出更多异常。和胡安在一起时,她眼中那崇拜和喜爱的目光依然如故。唯一不同的是,在和胡安做爱的时候,安洁莉娜开始佩戴 AR 角膜镜。她建议胡安也戴一个,开启增强外貌模式会更有激情一些。不过胡安并没有这么做,安洁莉娜在他眼中已经足够完美性感了。

胡安知道这其中有问题,但他并没有去检查做爱时安洁莉娜的 AR 角膜镜里头究竟显示了什么,无非是用哪个帅小伙的脑袋替换掉胡安的,不管是不是大明星卡米洛的脑袋,对胡安来说都没什么区别。他始终没有勇气去刺破那层纸,也没有勇气面对失去安洁莉娜的未来。到大学第三年时,胡安已经惶惶不可终日。

于是胡安找到一个"心理告解师"。

我称自己为心理告解师,是因为我把自己定位在心理医生和告解师之间。心理障碍判定报告限制了我提供合法可信证词的能力,因此人们可以放心地向我告解。而我也会提供一些建议和指引,让找我告解之人获得一定的心理安慰和疏导。

我并不属于任何教会,"告解"一词只是表明在法律上和个人信誉上我都保证替他们保密,不会泄露告解人的个人信息。而我所要求的报酬,仅仅是在恰当的时候以不伤害任何人的方式把他们的故事说出来,希望能带给世人一些启发和感悟。

当然,出现在这个故事里的所有名字都不是当事人的真名,一些小细节也有所改动,但我保证,这个故事的的确确真实发生过。

一向良好的信誉和名声让已经深受困扰的胡安选择相信我,向我倾诉了一切。

"我不知道这一切有没有意义,如果她喜欢的不是真正的我,那么我又算是什么呢? 虽然我的愿望实现了，跟她在一起我曾经感到很快乐，但在内心深处我清楚地知道，她和我在一起只是因为我沾了那位大明星的光。尽管她还待在我身边，可我却高兴不起来。"胡安抱着脑袋，脸上写满了忧愁和烦恼。

心理告解师想了想，告诉他："人与人之间的感情，是一个双向反馈的过程。如果双方都抱持着喜爱之情，就会形成正反馈而相互强化。如果你从对方身上感到的是恨或者厌恶，就会逐渐抵消你自己产生的爱，长此以往爱甚至可能消弭殆尽，因此你才变得不快乐。"

"那么我该怎么做呢？"

"你觉得对你来说最重要的是什么呢？你最想得到的是什么？是爱还是她？"

"一开始我没想那么多，只想让她待在我的身边，为了这个我什么也顾不上。我以为只要她做我的女朋友就好,我就会满足。可现在我才知道,我想要的是她的爱,她内心真正的爱……要是我没遇到那个大热狗,要是我没鬼迷心窍,没对安洁莉娜做过镜像神经重塑就好了。"

"一切过往皆已无法改变,后悔和烦恼无助于解决问题。你知道自己做错了什么,也明白自己最想要的是什么,所以最重要的是从现在开始,你能不能对自己做过的事负起责任,承担所有后果然后重新出发。自省和勇气,将决定我们能否继续向前,排除杂念纷扰,去追寻生命中真正重要的目标。"

胡安沉默不语,思考良久,他长叹一声,似乎已经有所领悟。向心理告解师道谢后,胡安离开了,接下来怎么做,完全取决于他自己。

后来我听说胡安对安洁莉娜坦白了,她

没有离开，之后他们仍然住在一起。据说安洁莉娜遵从自己的本能欲望，认为既然能从胡安身上获得与大明星卡米洛同样的兴奋和激动感，那么就能跟胡安做的坏事有所抵消。

说到底，人和人之间的感情毕竟是一个双向反馈的过程，既可以叠加也可以抵消。对安洁莉娜来说，更多的兴奋和激情抵消了厌恶，因此她决定保持现状。她弄清了对自己来说最重要的是什么，听从自己的内心做出了选择。

而胡安呢，不知他对此结果是否满意，但我隐隐觉得他并没有得到解脱。

12

谢尔盖与加兰教会的相遇纯属偶然,但在某种意义上又或许不是。

　　在一个炎热的夏天,谢尔盖刚参加完母亲的葬礼,孤身一人在路上漫无目的地游荡,满头大汗,迷惘而茫然。他路过加兰教会活动室,被敞开的大门所透出的徐徐凉风吸引,于是打算进去乘凉休息一会儿。

　　罗莎琳当时正在讲经,她并未注意到中途加入的谢尔盖。讲经结束后教众纷纷散去,她才注意到留在座位上的这位魁梧大汉。罗莎琳见他一脸困惑的样子，主动过去攀谈起来。

简单寒暄后，谢尔盖忽然问道："有人用巴掌打了你的脸，为什么还要站在那对他微笑？"

罗莎琳笑了笑，这是刚才她讲经提及的内容，对于新人来说这种疑问很典型。

"那么你认为，该不该这么做呢？"她反问。

"愚蠢至极！"谢尔盖喊道，"如果有人打了你的脸，而你不仅不反击还要对他笑，那巴掌之后就会是拳头、皮带甚至链条！直到揍得你皮开肉绽！你必须在他们得寸进尺之前阻止他们，被打了脸，就给他肚子上来一脚，最好是更狠些，能让他出点血，好好给他点教训，这样他才不敢再来惹你。"

谢尔盖的语气变得凶狠，表情也有些狰狞。罗莎琳的面色凝重起来，小心地选择着措辞。

"你觉得在现实中这么做就太傻了对吗？是不是你想起了什么事情，和这个有关呢？"

谢尔盖微微一怔，犹疑地望着罗莎琳，过了一会儿他轻轻张开嘴却欲言又止，最后还是闭上了，他决定不对初识的罗莎琳倾吐心声。

罗莎琳知道这名莽汉内心的问题不是三言两语就能开解的，于是微笑着继续说道："在我圣环教的古律里，也有类似于'以眼还眼、以牙还牙'的一条。不过，死板地遵循经文上的字句并不一定是圣主的意愿。我相信每个人都可以有自己的选择和理解，最关键的是你认为什么是好的，你希望这个世界是充满爱与仁慈，还是以眼还眼、睚眦必报。"

谢尔盖的表情稍稍缓和下来，陷入沉思。沉默良久，他还是摇了摇头转身离开了。

在下一次礼拜时，罗莎琳又发现了谢尔盖魁

梧的身影。她只是在和他目光相对时轻轻点头报以微笑，并没有再主动攀谈。她知道不能过度紧逼，只要他肯回来，说明心里一定受到了什么触动。

之后谢尔盖常常来参加礼拜，终于有一天，他说起了自己的过往。断断续续地，罗莎琳了解到他的不幸……

"……我的母亲，她从来就没有反抗过，父亲揍她的时候总是从扇巴掌开始。她总会求父亲不要打得太用力，动静太大会吵到我睡觉，可每次我都听得一清二楚。所以我从小就知道，不反抗只会让施暴者下手越来越重，这么做绝不会有好下场……"

原来谢尔盖对打脸那段经文的反应来自于此—— 一个肆意用殴打发泄情绪的父亲以及逆来顺受的母亲。

有一天谢尔盖忍无可忍，当父亲动粗时他冲

了上去试图阻止,可父亲并没有手下留情,反而连他一起放倒,抄起皮带就是一顿狠抽。母亲冲上前把他护住,替他承受皮带和拳脚,谢尔盖只有咬紧牙关将不甘和愤怒吞到肚子里。之后随着慢慢长大,变得越来越健壮有力的他开始能和父亲抗衡。在十五岁的一个夜晚,谢尔盖终于把父亲打倒在地,将这十几年的怒火倾泻而出。父亲在医院里躺了一个月,出院后他并没有回家,而是从谢尔盖的生命中完全消失了。

之后谢尔盖就更加认定凡事都必须"以眼还眼、以牙还牙",甚至要先给予对方更重的打击,才能让对方害怕自己。正因如此,谢尔盖在学校里打架斗殴成了家常便饭,最后被劝退。连老师都感叹他像极了他父亲,真是有其父必有其子。不知不觉间,他竟走上了父亲的老路。

退学后,谢尔盖和当地的摩托党混在了一

起,其后因为暴力冲突进了好几次监狱。而在监狱里他的暴力反应继续被印证并强化——如果被欺负了没有反击展示自己的力量,就会被欺负得更惨。

"……直到最近我才发现,暴力和愤怒终归不会带来好结果。我不能再像父亲那样了,我必须改变。可是,要改变自己实在是太难了!脑袋一热起来,我就什么也顾不上了。等到冷静下来时,不是对方已经被揍趴下就是我被揍趴下。所以我想知道,要怎样才能控制住情绪,像圣主一样内心充满爱与仁慈呢?"

最关键的思想转变过程谢尔盖始终没有细说,但罗莎琳不会逼他,只要他有变好的愿望,她就会想办法提供帮助。

"你能有这样的想法我很高兴,我相信你能够做到,只要你也相信自己。要想和圣主一样仁慈,你就要让圣主进入你的内心。我会告诉你在加兰教会我们是怎么做的。

"第一步,你要从经文上熟悉圣主的生平,尽可能地认识与了解它的事迹和言行。关键是要去理解在故事里它为什么会那样说和那样做,他当时的想法和情绪究竟遵循怎样的内在逻辑。在这一点上,每个人的理解或许都不一样,不过没有关系,可以在分享会上提出来相互讨论,以便大家都能更好地了解圣主。

"当你像了解自己和家人一样了解圣主之后,就可以脱离经文进入第二步:假想它就活在我们的日常环境中,想象碰到需要帮助的人它会怎么做,如果遭遇挫折它又会有何感受。我们教会有这样的训练会,通过各种案例让大家设想心目中的圣主会有怎样的反应,想象圣主如果在场会抱有什么样的情绪。

"最后一步,就是每个人自己的实践。在日常
生活中,每时每刻去想象你就是圣主。如果你认
为圣主的做法和你习惯的做法不一样,就尽量改
变自己向圣主靠近。通过日复一日的练习,让圣
主应有的反应成为你的反应,让圣主应有的情绪
成为你的情绪,那么你就成功了。到那时,圣主就
活在你的内心,你也获得了圣主的灵,成为圣主
的圣殿。"

　　谢尔盖听后若有所思,眉眼也似乎渐渐舒展
开来。

　　在这之后,每一次分享会和训练会谢尔盖都
积极参与。一开始他的进展很慢,但他确确实实
在一点一点进步着。渐渐地,他心中圣主的形象
和内在行为逻辑变得稳定圆融,在案例训练会
上,他所理解的圣主在假想场景充分展示出仁慈
和爱。

然而到了第三年,谢尔盖忽然毫无征兆地消失了半年,当他再度出现时,又陷入了深深的沮丧。

　　他告诉罗莎琳,他在实践这一步彻底失败了,这半年他因为暴力伤害罪进了监狱。一旦事到临头跟人发生冲突,他从父亲那学到的暴戾情绪反应就会主宰头脑,原本似乎已经扎根于心的圣主完全不见踪影,不知给挤到哪里去了。

　　谢尔盖对自己感到无比失望,他知道该怎么做,可他就是做不到。在前两步上他做得越是完美,就越反映出他在第三步上的失败。

　　他究竟还能否变得像圣主一样,时刻保持爱与仁慈呢?

树立榜样,是一种由来已久的具身模拟机制应用实例。

早在镜像神经重塑术出现之前,甚至是连镜像神经元都未被发现时,就已经有运动员在利用具身模拟机制进行训练了。

三倍铁人三项,曾是世界上耗时最长的不间断三项全能运动,由 11.6 公里游泳、541 公里自行车及 126.5 公里马拉松组成,距离大约是奥运会铁人三项的十倍之多。

超级耐力运动员伯格兰曾连续三年获得三倍铁人三项赛事冠军，他说自己总是会用一些特定的歌曲来创造一种目标心态，并根据环境或者比赛状况把自己"拨到"一个理想的情绪效价和情绪唤醒程度。他会有意地捕捉歌曲所呈现出来的氛围，将其转化为最佳运动表现。

而在伯格兰为"恶水超马"训练，准备在炎炎夏日中跑上超过 200 公里穿越死亡谷时，他的助跑圣歌是《应许之地》。通过将自己置身于由这首歌想象出的各种情景中，他变得更有勇气面对不可避免的身体折磨，带着积极、乐观的冒险精神在 49 摄氏度的高温下连续不断地跑完距离相当于五场马拉松的超级马拉松，征服了死亡谷。

"……沙漠上升起一团乌云。我背起行囊，直直向风暴中冲去，化作龙卷风，摧毁一切……"

借由具身模拟机制，伯格兰对歌词所塑造的

主人公产生充分的共情，模拟出这个榜样所拥有的信念和情绪，从中获得了勇敢不屈的力量。

实际上，类似的榜样作用也被广泛应用于其他领域——学校和政府利用道德榜样指引孩子和公民建立道德观念；商业公司利用销售冠军作为榜样，激励销售员努力工作；成功学演讲者将自己立为榜样，让学员们模仿和学习他的言语和行动，即使他并不一定那么成功；明星艺人把自己打造成积极励志、特立独行、悲情痴心等各种类型榜样的例子更是层出不穷……

然而，让榜样在自己身上发挥积极作用，不是随随便便就能做到的。榜样的作用，本质上是引入一种外来的截然不同的情绪反应模型，用以影响、改变自身的本能情绪反应。

这一过程大致上可以分为三步：首先，必须要了解你选择的榜样，了解他的生平事迹，熟知他在各种状况下的表现和反应。然后,在内心建立他的形象时能模拟出他在某个场景下会说什么做什么,而且自己也能够理解并产生相同的情绪反应。最后是实践,当你在现实中遇到难以跨越的逆境时,要立即想象出他在这种情况下会产生什么积极情绪,并且能真正在内心模拟出这种情绪,压制原本属于自己的那种消极反应。

在了解了榜样作用的原理后,我们也可以塑造一个只属于自己的独特榜样,例如未来更完美、更成功的自己。有许多人已经在不知不觉中这么做了,并且以此取得了成功,只不过他们并没有意识到其中的机制和原理而已。

有人把这称之为信念的力量:相信自己会成为什么样的人,就可能变成什么样的人。

而用具身模拟机制可以解释为:榜样的力量在于通过模拟产生积极情绪,去影响塑造个体的情绪反应,在不断地模拟中逐渐将其内化,取代原本的消极情绪反应。

榜样可以塑造我们,我们也可以塑造自己的榜样,然后通过日复一日的努力向其靠近,最终与之合二为一。

$\underline{/13}$

初步恢复了沟通能力后，索尔从母亲和堂兄口中渐渐了解到家中境况窘迫，于是毫不犹豫地决定出院以减轻家里的负担。

回到家后，索尔仍然没法和堂兄走上街头，只好在家中继续进行康复训练。同时他试着做起了会计，替叔父和堂兄管理"治安税"的收入和支出。其后三个月，索尔找出了两个从"税"里偷钱的手下，砍掉了一大堆琐碎的不必要支出，替帮派实现了基本收支平衡。

此时，索尔发觉自己已经变得更精于计算，看待事物也不再像常人那样受情绪影响。

如果让他回到过去面对理发店店主帕科，他不会再下不了手，但也不会毫不犹豫地敲断对方的腿，如今的他会跟堂兄建议，只揍帕科的脸让他鼻青脸肿，这样既保留了帕科的生活能力好继续赚钱，他的女儿又察觉不到什么异常，街上的其他人也受到了违反规矩就会遭惩罚的警告。在多方面考量下，这是综合效果最好的一种方法。

又过了两年，索尔的沟通理解能力大幅提升，如果不事先被告知，别人只会认为他不过是反应稍慢而已。这期间他更主动地参与起帮派的事务，在商议如何应对越来越咄咄逼人的绿鸦帮的会议上，他提出了用三条街换一条街以换取绿鸦帮停战承诺的方案。叔父和堂兄们强烈反对这个明面上吃亏的方案，索尔不疾不徐地阐述了个中利害后勉强说服了他们。而事实最终证明了这一决策的正确——换来的那一条街之后成为电子迷幻剂集散地，帮派从中获得的"治安税"比换街前翻了三番之多。

之后的三年间，世界处于大地震频发周期，索尔为应对危机做足了准备。果然有一天，几乎殃及半个国家的地震突然发生了，在长达一个月的震期里，尽管政府宣布全面进入紧急状态，本地警力还是无法顾及所有城区。

这时，索尔提出了预谋已久的计划：联合本地帮派自发进行区域互助和封锁，帮助贫民窟民众的同时也制止任何人外出。同时，索尔不惜花费重金"说服"一些警察局及政府高层，起用他派出的精干人员配合人手短缺的政府在城区的工作，促成了一次"警民合作"。此举不仅获得了政府和市民的好感，让来自警察的骚扰逐渐变少，众多帮派的合作,也为贫民窟帮派联合体的形成打下了基础。

之后的多次大地震,贫民窟帮派联合体都会主动配合政府,执行统一的安排调度,由此逐渐获得了政府的认可,最终摇身一变成为贫民窟的合法治安维持机构。

在出院后的第十五年,索尔已是贫民窟的实际控制者,以公正和高远的视野著称,被称为"贫民窟教父"。

其后的二十年间,索尔不再待在贫民窟里,在出版了讲述贫民窟生涯的畅销书后,他开始环游世界,四处活动演讲……

"……在发现理解他人行为和意图的能力也随着同情心一同丧失后,我活在半混沌半理性的世界之中。

"有老兵曾说,当你见识过战争,就知道它能给人类带来什么样的影响。战争的教训显而易见：生而为人，注定渺小、脆弱，并受制于运气。我想我当时也有类似的感受。

"尽管独自一人时我的生活似乎并没有什么不同，但只要一进入人群，原本的稳定和理性就被打破，他人的行为举止都像是随机的，我无法预测他们将要做什么，下一步会迈向何方。原本自然而然的认知和反应都不再生效，我惊慌失措，不知如何应对这样混沌的世界。因此，我选择了入院逃避现实。

"当决定要改变这种生活后，我尝试采用一种半程序化的方式进行理解和认知。对他人的言语和行为，我需要从话语和动作中提取言语文本和肢体的物理轨迹，然后根据逻辑推理出他的意图。就像是做数学题，$a+b+c=x$，我不需要对 a、b、c 有任何感觉和共情，只需要保证值和计算过程正确即可。

　　"我做了大量类似的'计算'练习,将自己对他人言语文本和动作轨迹的判断结果和现实情形进行对照,再由结果反馈来修正判断过程。有一天我忽然发现,当做出正确的判断时,我会产生一种类似做对了习题的喜悦,反之则是沮丧。在练习量积累到某个程度后,我的成功率大幅上升,还产生了一种莫名的感觉来帮助我进行判断。就好像我可以略过列式计算的过程,直接在看见 a+b+c 时就通过这种奇妙的感觉得到 x 这个结果。

　　"医生告诉我,我或许产生了一种绕过镜像神经系统的代偿功能。就像放射科医生解读 X 光片,他们经手的 X 光片越多解读得就越准确快速,甚至一眼扫过就知道问题所在。这是因为他们大脑里的模式识别系统得到了训练,能够自动识别出异常组织的模式。通过特定工作培养出的模式自动识别能力，可以让人成为某方面的专家。而长期以'计算'方式判断他人的行为意图及情绪,似乎也让我成为这方面的专家。

"要成为专家，多数人要经历漫长的学习过程。我幸运地只花费了三年时间就略有所成,其中的付出和艰辛只有我自己知道。我不是想要诉苦或炫耀,只是希望各位能感受到这当中的困难和阻力,理解我是如何在逆境中一点点地拼凑起自己,重建生活的。

"或许有一天,你也会面临类似的逆境,面对强大的困难和阻力,你必须认清自己生命中最重要的是什么,那将是帮助你渡过难关的关键。在我的例子里，最重要的是我的家人。在沮丧、恐惧、孤独和迷茫时,我在内心中不断寻找,最终发觉他们才是我生命的中心。

"是我的家人为我指明了方向，让我看清了未来生活的目标，让我得到了跨过一切障碍的力量……"

14

"慈爱社区"的概念最初源自北欧。

高纬度地区近在眼前的冰盖融化景象、危及房舍道路的冻土层消融、史无前例的极端炎热天气高频发生，让全球气候变化的后果变得直观显著。由于历史教训早早就开始注重环境保护，富足的北欧拥有比其他地区更为强烈的危机感。

而在美国宣布退出《巴黎协定》之后，一些北欧民众更是深刻认识到，相互理解是如此困难的一件事。世上很多人根本懒得去考虑他人的生活,拒绝理解他人的处境,更别说关心远在地球另一头的陌生人了。

于是基于"强化爱与理解"的"慈爱社区"概念出现了。假如一个社区里的每个人都能够充分理解和关爱其他社区成员,那么整个社区就会充满和谐与幸福。如果将这个概念扩展到全世界,那么战乱、环境污染、贫困等长久困扰人类的问题也将迎刃而解。然而限于种种现实原因,这一概念一直停留在设想中,直至数十年后,第一个真正意义上的慈爱社区才在阿拉斯加大移民运动中诞生。

在各国行为加剧分裂和孤立的背景下,建立全球性保护气候环境联合体成为泡影。持续上升的气温使曾占阿拉斯加 90%面积的永久冻土层不断融化,大量建筑物和道路的地基崩塌。日渐严峻的环境危机使美国政府终于同意承担搬迁费用,让希望离开的阿拉斯加居民移居到其他州。

一些对环境危机的严重后果有着深刻反思的阿拉斯加居民，借迁移的机会聚集到一起，成立了慈爱社区。坐落于得克萨斯新阿拉斯加城北的慈爱社区，对正式成员的首要要求，就是必须接受强化共情的镜像神经重塑术。

艾米并不抗拒镜像神经重塑，或许人的自私自利只有通过这种手术才能获得纠正。至少，居住在慈爱社区的这段过渡期她并未发现有什么坏处，反而体会到了在其他地方少见的融洽气氛。

慈爱社区对爱和理解的倡导不仅仅局限于社区内部，对外也在积极地扩大影响，既帮助其他地区筹建新的慈爱社区，也持续致力于环境保护。

作为过渡期成员，艾米会积极参加社区活动。就在这一天，整个社区几乎倾巢而出，驱车前往奥斯汀参与一项游行,要求州政府通过控制碳排放的法案。尽管天气相当炎热,但游行队伍的规模并不小,许多其他社区的阿拉斯加人也赶来参与,希望阿拉斯加的悲剧不再重演。

当然,一些反对者也专门开着他们的超大排量皮卡和越野车,背着大大小小的步枪、手枪来到现场。还有反对者朝游行人群大喊:"谁他妈的要你们多管闲事! 去你妈的北方佬,给我滚回老家去!"

艾米皱起了眉,堂姐凯茜却让她不要理会,当他们不存在就好。

"我们既然致力于爱与理解,"艾米忽然说道,"那么该不该去理解和关爱他们呢?"

堂姐耸耸肩:"同情心不是万能的,总有无法理解的事和人存在,即使是做了镜像神经重塑,我也没法理解他们。"

好在这些人数量不多,也没有什么违法过激行为,只是停在路边偶尔骂上两句而已。游行持续到黄昏,之后众人各自散去。等车队浩浩荡荡回到慈爱社区时,有两辆警车停在了社区门口。

　　为了方便一次性通知到更多的人,警察干脆在社区门口开着扩音器向归来的社区成员广播,说他们抓到了一个诈骗嫌疑人,如果有人被骗可以现场登记。警车顶上展开的临时显示膜展示着嫌疑人的照片,艾米马上就认出了他——处于过渡期的临时成员哈利。

　　结果有一百多辆车停了下来,在社区入口挤成一团。整个社区大约有一千人,好几百人与之有牵扯。同为过渡期成员的艾米也下了车,等着登记信息。在等待过程中,她了解到这几百人分别给了哈利几百到几千美元不等,大多数人告诉警察,哈利只是开口说借钱他们就纷纷慷慨解囊,几乎没有问缘由。

"这可怜的孩子,究竟是多缺钱才这么做!"

"我想他家里可能有什么急事……"

"或者是他生病了?"

正在排队的人们议论纷纷,却全是在替哈利着想,没有人责备他或是感到愤怒。

艾米不禁喃喃道:"是不是只有我觉得不对劲?为什么只有我感到生气?"

同行的红发青年克里斯托弗有些诧异地回道:"你都来这么久了,还不明白?"

"明白什么?"

"这就是慈爱社区啊,理解和关爱。"

"可那是诈骗,为什么要理解和关爱诈骗犯?"

"在社区成员眼中,哈利不是以诈骗犯的身份出现的,他是作为过渡期成员的身份进入大家视野的。所以他们优先把他当作社区的一员,镜像神经系统会自动启动共情机制，理解和关爱他。明白了吗？"

艾米怔了一怔："那么你觉得强化共情是不好的？你不打算加入了？"

红发青年眨了眨眼："只能说，这件事暴露了慈爱社区的一个弱点，我会再观察一下，总之多考虑考虑不是坏事。"

果然，在诈骗案传开后，其影响随之而来——其他几个正在筹建的慈爱社区专程派代表前来，讨论这件事所引发的问题。远藤特地让艾米也参加，过渡期成员的身份可以让她站在另一个视角进行补充。

一位代表问远藤："我们想知道，如果强化了共情，是不是就会无法拒绝别人？要怎么样才能防止再发生同样的事？这不仅仅关乎你们社区，其他正在考虑建立的慈爱社区也同样面临这种可能,必须让社区成员避免这样的损失。"

"当然不是。"远藤答道,"强化并不是绝对化,你仍然能保持自己的判断。这次的情况是第一次发生,哈利处于过渡期,算得上半个社区成员。对于慈爱社区的成员,我们倾向无条件地信任,就像是对父母、兄妹和子女,才会毫无防备地借钱给他。"

"不要回避问题,远藤。现在慈爱社区的成员已经因为重塑效果而遭受损失,今后要怎么处理跟非社区成员的关系,才能保护社区成员不再受伤害,这才是这件事所暴露的问题,我们迟早要面对的。"

"对,我们不能白白让人当傻子……"

"没错,这是手术带来的弱点,不能回避……"

"这可是得克萨斯,暴露了弱点会被啃得骨头都不剩……"

"各位各位，"远藤打断了他们，"为什么不从更大的格局去考虑呢？我们希望得到一个怎样的世界？慈爱社区的理念是什么？最终目的又是什么？从终极目标来看，这些小小的付出又算得了什么呢？"

"那好，"一个代表接话道，"我们就站在更高的层面去讨论。慈爱社区要求全部正式成员做镜像神经重塑术，因此成员会更容易理解和同情他人，所以强化共情的结果就是让'其他人'受益。但这些'其他人'之中，非正式社区成员占了绝大多数。而无论是环境保护、全面疫苗接种还是科学教育，推动者都不仅仅是在为自己呼吁，这些活动的受益者也包括了那些不发声的大多数'其他人'。甚至连自私到极点的反对者也搭了便车得到好处，他们占尽了便宜还要骂我们多管闲事，笑我们愚蠢。越是能够理解关爱他人，所付出的代价就越大,这是博弈的结果,你能否认吗?"

"我理解你的看法,"远藤缓缓点头,"从物质和可计算的层面上看,确实是这样。但是,加入慈爱社区所获得的只有代价没有益处吗?并不是。在慈爱社区中,我们透过充分理解和关爱友邻,营造出更加愉快和谐的社区氛围,让大家获得了更多的愉悦和幸福感。这一点你们也很清楚,因此才会有建立新慈爱社区的想法并准备付诸实施。

"况且在博弈中,你只关注了客观可计算的方面,完全把同情理解的初衷抛到了一边。同情理解需要置身于对方的处境,模拟对方的感受。在这件事上,当你们只站在自己的角度去看,和站在社区成员的角度上看,感受自然是不一样的。我想,在他们弄清了哈利是在故意骗他们之后,也未必会跟'其他人'一样计较。毕竟内心的感受才是价值观的体现,'其他人'所认为的代价,未必就跟成员们认为的等价。我想,主观的价值判断才是最重要的……"

艾米听着代表们和远藤辩论,却没法提供她的看法。她从没有想过那么多,也没有想得那么深远。

慈爱社区的处境和未来,在艾米的眼中开始变得模糊动摇……

15

在胡安受到心理告解师的启发坦白了一切之后，安洁莉娜才真正明白她为何会喜欢上胡安。令胡安惊讶的是，她得知真相后竟没有离开，而是继续待在了他的身边。那之后他们一直同居到毕业，但两人始终保持着不远不近的距离。

安洁莉娜这样做的缘由，就像心理告解师曾经说的，人与人之间的爱，是一个双向反馈的过程，正面和负面的情绪可以相互抵消。

在安洁莉娜这个案例上，胡安是卡米洛的替

代品,即使已经得知胡安对她的所作所为,可她从胡安身上获得的情绪满足,能抵消甚至压过她对胡安的厌恶。因此她在权衡利弊之后,才会选择继续将胡安留在身边。

不过这之后胡安的地位变得十分低微,安洁莉娜重新光明正大地备起了许多"用人",常常跟他们约会,隔不多久就换一个新的。原本胡安决定坦白就是想要一个了断,可在坦白后安洁莉娜既不放他走,也不肯停止和其他人约会,他非但没有得到解脱,反而在这段孽缘的旋涡里苦苦挣扎。所幸胡安的学业奇迹般地没有受到影响,他以优异的成绩毕业后进入了知名的科技公司,并很快崭露头角备受重视,连续晋升后薪资也水涨船高。

与此同时,胡安开始感受到更重的工作压力,这股压力跟他与安洁莉娜的感情纠葛叠加在一起，让他几乎无法喘息。他再一次跟安洁莉娜提出分手，而安洁莉娜的回答当然是不干，而且还要求胡安和她结婚。

"你对我做了这么过分的事还想把我一脚踢开，让一切都顺着你的心意来？呵呵，想都别想！如果不听我的话，你就等着蹲监狱去吧！"

安洁莉娜还提出婚前协议要写明双方是开放式的婚姻关系，且胡安得尽到一切供养义务。在执行中她又不允许胡安真去找别的女人，因为大明星卡米洛是以感情专一著称的，她需要胡安保持这一重要特征。

胡安走投无路，又找到心理告解师倾诉，希望能找到一条明路。

心理告解师再次告诉他："最重要的是从现在开始，你能不能对自己做过的事负责，承担所有后果然后重新出发。你需要面对自己的内心，弄清对自己来说最重要的是什么。只有找到自己生命的中心，才能知道接下来该怎么做。"

"够了！为什么你翻来覆去总是说这些？这有什么用？！我要知道的是怎么才能摆脱，怎么才能甩掉安洁莉娜。难道我一生都必须和她绑在一起，直到她死我才能解脱吗？"

令人感到意外的是，胡安竟从未想到自首这条路。他只是一味地发泄自己的情绪，没有听进心理告解师的话。

心理告解师静静听着胡安抱怨，并没有点破这一层，因为他只是心理告解师，不是人生规划师。他不能替代胡安进行思考，只能倾听对方的故事，通过自己的理解给出一定的引导，剩下的就需要胡安自行领悟后做出抉择了。

很可惜，胡安终究没有醒悟。他咒骂了心理告解师一顿后离开了，从此杳无音信。

后来,胡安的名字出现在一桩凶杀案的新闻里。新闻说胡安被妻子用刀刺死,尚不清楚具体原因,据称是因为感情纠纷,除此之外并没有更详细的信息披露。

心理告解师根据在胡安被安洁莉娜杀死前不久,明星卡米洛出轨的新闻报道正巧铺天盖地得出了自己的结论——胡安之死确实是因为感情问题,只不过并非是大众常见的感情纠葛,胡安是因为那位明星出轨而死的。

这其中的逻辑显而易见——在安洁莉娜脑中,胡安和卡米洛触发情绪的表征已经融为一体,因此在很长一段时间她对卡米洛的崇拜兴奋之情才能压过对胡安的厌恶。而当卡米洛因出轨导致他最重要的人设崩塌时,安洁莉娜对他的感情急转直下,从喜爱变为憎恶,毕竟对她来说,卡米洛最主要的魅力来源就是感情专一。于是当她再度面对胡安时,对胡安的厌恶和对卡米洛的憎恶就叠加起来,拧成一股极其强大的负面情绪。处于强烈情绪支配下的安洁莉娜一时失控杀死了胡安,也是可以预想的结果。

胡安的故事就此落幕,他滥用镜像神经重塑术,却没有勇气承担责任和后果,最终他因此付出了生命的代价。

16

"我不能再这样下去了。"谢尔盖看起来异常苦恼，"我必须改变，必须……请告诉我，还有没有别的办法？不管是什么事我都会去做，只要能让我有所突破。"

罗莎琳怜悯地看着谢尔盖，可她只能说道："别灰心，你会做到的。不断地去尝试和练习，圣主会帮助你的，这是迟早的事。有些人花费了许多年甚至终其一生才真正地接近它，你的情况也是很正常的，不要逼自己，切勿急躁。这不是比赛，结果固然重要,更重要的是信念……"

"不! 我做不到! 我跟其他人不一样,我脑袋一充血就根本没法控制情绪。要不是因为这个,母亲就不会死……"

谢尔盖的声音渐渐微弱,罗莎琳必须很仔细去听才能听清他的话。原来他的情绪问题和父亲不相上下,他也常常会和母亲发生冲突。三年前,他在又一次失控中爆发,等到恢复冷静才发现母亲已经躺在地上一动不动了。尽管警方最后判定那是意外,谢尔盖还是认为母亲的死完全是因为他。

那之后他幡然醒悟,意识到自己必须改变,否则他的生命中就不会再有什么好事发生。也正是那时,他偶然接触到加兰教会,遇见了罗莎琳。

"……我过去的人生就是个错误,带来的只

有暴力和破坏，我不该出现在这个世上。要是有一个按钮，能够一键消除我的过往就好了……"

罗莎琳轻轻拍了拍谢尔盖的肩膀："只要有悔悟之心，就比什么都重要。你的过往和将来都是组成你的一部分，都一样重要。只要真心接受圣主的道，过去就都可以被宽恕。"

谢尔盖似乎没听进去，继续自顾自地说："如果真有这么个按钮，而且我选择按了下去，圣主会接受这个做法吗？消除过往那一部分的我，这不会被算作自杀吧？"

罗莎琳没料到谢尔盖会往这个方向想，思考了一下之后，她慎重地回答："我觉得，倘若是你经过深思熟虑的决定，就属于自由意志的选择。只要不是因为消极逃避，就不必担心会遭到指责。"

谢尔盖终究没有释怀，他似乎已经完全不相

信只靠意志就能够改变。罗莎琳也没有办法解决他的问题，或许能解决一切的只有时间。

此后很长一段时间，谢尔盖都没再来过，当他再度出现时，他说他已经把问题解决了。

"……我最后还是找到了一个肯帮我检查脑袋的医生，他说我的问题在于应激状态下，镜像神经系统某些区域受到过分抑制，因此不管我有多了解圣主，只要镜像神经系统不启动，我就没法模拟圣主爱和仁慈的情绪。我问医生能不能治，他说在技术上有可能，不过他要是敢干执照就没了。我当时差点又发火，好在他悄悄从桌底下塞给我一张名片。我联系了名片上的人，最后在他那里做了镜像神经重塑手术。"

谢尔盖说话时已经不再苦恼和沮丧，不过也没有欣喜或激动，他仿佛只是在说如吃饭和睡觉般平常的事情，表情始终淡漠而和善。

"……他根据我的要求给出的施术方案是，让圣主的表征强制启动镜像神经系统。即便在我情绪已经失控的情况下，只要有那么一个念头能让我想到圣主，就能让圣主接管我的情绪。圣主让我怎么做我就怎么做。你看……"

谢尔盖举起双手，只见他的手掌和手背上都文了圣主的肖像，整个小臂则文上了圣主的半身像。

"哪怕我在盛怒下丝毫不能分心，只要我举起拳头时看到这些肖像，这些肖像就能强制触发镜像神经系统，让我转换情绪，听从圣主的吩咐。"

谢尔盖似乎找到了那个按钮，并且已经摁了下去。

依靠技术手段来靠近圣主，让自己更加温和仁爱，这种做法在教会历史上闻所未闻。罗莎琳不知该作何反应，只好要求谢尔盖对此保密，让时间来证明这是对还是错。

谢尔盖在归来后搬到了教会活动室附近，找了新的工作定居下来。经过几个月的接触，认识他的教众都说，从没见过那么谦逊温和、乐于助人的教友。他生活简朴，省下来的钱都捐给了教会发起的公益活动，而且几乎将业余时间全部投入教会活动和义务工作当中。渐渐地，谢尔盖成为加兰教会的模范信徒。

然而好景不长，正当谢尔盖在教会中越来越广为人知时，传来了他被警察当街击毙的消息。

认识他的教众自发聚集起来，围在警察局外要求彻查真相，罗莎琳也赶到现场安抚教众的情绪，以免发生意外冲突。警察局局长将作为教会代表的她请了进去，向她交代了此案的情况。

案情十分清晰，谢尔盖当日下午进入银行实施抢劫，警察赶到后他并不配合，还打算带着钱逃走,于是警察开枪射击,当场将他击毙。在进一步的调查中,通过监控录像他们发现谢尔盖在进入银行前在相邻的一条街出现过,并和一名流浪汉进行过交谈。

那名流浪汉的供词说,那天他看到谢尔盖路过就顺口讨点零钱,谢尔盖爽快地给了。他试着开口要更多,谢尔盖就把整个钱夹交出来还去提款机取了所有存款给他。可流浪汉还嫌不够,竟让谢尔盖去银行给他弄更多的钱来。

在监控录像里,谢尔盖在原地左摇右摆了一会儿,想必是内心在挣扎,但他最终没违抗流浪汉的命令,扭头走向银行。不久后警察来了,流浪汉见事情闹大了慌忙逃走,几个小时前才被抓住。

当罗莎琳看清那名流浪汉的样子,顿时明白了这起悲剧的原因。那人瘦骨嶙峋,留着长长的胡子,有着圆润而宽大的鼻子和高耸的颧骨,和谢尔盖手上文的圣主肖像十分相似。

罗莎琳知道是流浪汉的模样触发了谢尔盖的仁爱之心，他的意志没法反抗重塑术固化的服从反应。他已经完全信服想象中的圣主，遵循圣主的指引和要求。

从出发点和结果来看，谢尔盖的镜像神经重塑非常奏效。然而，正是过于有效才酿成悲剧。

这是圣主所希望的吗？这下场就是圣主替他选择的道路吗？罗莎琳感到有些茫然。

17

诈骗案过后,许多事情都缓了下来。其他慈爱社区的筹建暂停,等待后续观察;艾米这一批正处于过渡期的成员,过渡期被延长了三个月供他们慎重考虑。

尽管艾米产生了一些犹豫,但慈爱社区并没有因此发生多大变化,她仍然可以在这里感受到一如既往的良好氛围。

同组的过渡期成员克里斯托弗也没表态,他说慈爱社区目前对他仍旧友好,过渡期增加三个月也是好事。但艾米觉得他不会加入了,他只是想要多享受三个月身为慈爱社区一分子的美好幻觉。

堂姐的看法则和远藤差不多。虽然她没有借钱出去,但她能够理解那些借钱给诈骗者的成员们的想法。她觉得这只是个小插曲,并不能因此否定慈爱社区,也不能说明理解和关爱的理念是错误的。

尽管慈爱社区的兴建暂缓下来,阿拉斯加移民们的环境保护运动仍然继续着。他们筹划的下一项活动是一场自大迁移以来规模最大的游行,预计能够组织超过五十万人参加,并且长达一周之久。

这场规模空前的阿拉斯加人游行,吸引了全国上下众多目光,当然也包括反对者们的关注。

最为突出的一群反对者自称"自由联盟",该组织并没有正式登记注册，显然是临时起意，可他们对阿拉斯加人游行的阻扰却是有组织、有计划的。

在只允许步行的路段，"自由联盟"会混进游行人群打起反对的标牌，嘲讽阿拉斯加人是"敏感和过度紧张的胆小鬼"，是"外来的寄生虫"。表露身份后，他们会大声谩骂挑衅，警察快到时就迅速分散逃走。在不禁止车辆通行的宽阔路面，他们会组织起车队缓缓跟在游行队伍旁边，车上的人除了嘲讽和谩骂，偶尔还会用空气炮把爆米花"嘭"地一下轰撒在游行队伍的上空。虽然爆米花不至于造成伤害，但与枪声相似的声响不可避免地会刺激游行队伍，让人们感到精神紧张。除此之外，他们还有在慢速驾驶时故意拉高引擎转速，让车尾喷出黑烟笼罩游行队伍等手段。警察对这些行为也无可奈何，警车一来他们就四散而逃,即使抓到那么几个人,他们的行为实际上也算不上违法,只能警告或带回警局拘上几个小时。

游行组织者很快就意识到,"自由联盟"这是在故意挑衅想让事态升级,进而给游行贴上暴力的标签。所幸当天的游行者基本能保持克制,并没有中计发生冲突。第一天游行结束后,组织者迅速布置了人手提醒游行者,揭露挑衅者的意图。不过在连续几天频繁遭到挑衅后,除了慈爱社区的成员外,许多游行者的愤怒情绪已经接近爆发边缘。

再三斟酌,游行组织者决定约"自由联盟"面谈,希望靠沟通解决问题。会面在游行第四天结束后的傍晚进行,双方领头人在奥斯汀郊外的一座临时帐篷里见面,包括远藤在内的慈爱社区管理层也有三人参加。

慈爱社区的成员们开着车来到距离帐篷一公

里外的空地上，跟其他游行者一起等待结果。那些"自由联盟"的大型皮卡和越野车则在另一侧聚集。警方专门派了十多辆警车隔在双方车队中间，避免发生冲突。

艾米远远地看着帐篷，问堂姐："我在想，他们能够说服那些人吗？我们真的能够相互理解吗？"

"我不知道。"堂姐说，"或许可以，或许不行。这是我们第一次和他们面对面地谈，也许远藤他们可以办成我做不到的事情吧。我很努力地试过了，但我真办不到。长远来看这是对全世界都有益的事，他们不支持也就罢了，还要特意站出来阻挠，我确实无法理解他们是怎么想的。"

"无法理解……"艾米咀嚼着这个词，又思索了一会儿说，"假如理解不是总能成的，那会不会出现一个慈爱社区无法理解另一个慈爱社区的情况呢？"

"唔——"堂姐想了想，"我觉得不会吧。只要是加入了慈爱社区，就说明持有同样的理念，所以我想，任何一个慈爱社区的人都和我们是同一种人，是我们的一分子，当然就能够相互理解。而"自由联盟"那些人就没有同样的理念，无法理解，属于另外一种人了。"

这时帐篷那边好像有什么动静，隐约可以听到有人开始大声吼叫，但听不清他们在喊什么。已经列好队的防暴警察立即举盾，警惕双方人群有所异动；另有一小队警察开始向帐篷靠近。

伴随着一声声尖叫，谈判双方的代表们纷纷从帐篷里冲出来，四散逃窜，紧接着是连续几声枪响。警察加快脚步冲向帐篷，进入后发现事态已经稳定下来，除了三个人被按倒在地，并无人员受伤，只有一把手枪被丢在角落。被按倒的三人是慈爱社区派出的代表，他们不停挣扎，憋得满脸通红，还一直咒骂着说要杀了那些王八蛋。

之后警方公布了事件概况，令整个新阿拉斯加社区一片哗然。最为吃惊的要数慈爱社区的成员，他们无法理解为什么远藤等人会先动起手，还抢到了对方偷带进去的枪开火——这些一向温和谦逊的模范社区成员为什么会一反常态，做出比其他人还要激烈的举动？

所幸并没有人受伤，一周后远藤等人就被保释出来，当晚慈爱社区管理委员会便召开了全体社区成员大会，说明和"自由联盟"会谈时的情况。

远藤介绍，当时游行代表们都真诚地表示想要沟通，"自由联盟"的人也没有啰唆，直截了当地阐述了他们的主张。"自由联盟"所相信和希望的，正是他们行动所表达的：不因环保问题放弃任何权益,决然反对环保法案对自由的侵犯。

　　游行代表们秉持着人与人都能够相互理解的信念继续交谈,希望能更加深入地了解对方的想法,从中找到双方在环保上的共同利益,以此说服他们。随着沟通不断加深,慈爱社区代表渐渐摸清了对方的想法和逻辑,具身模拟机制终于得以启动。

　　不屑、藐视、憎恶、愤怒、傲慢……"自由联盟"对阿拉斯加人持有的完全是负面情绪,而且思维逻辑也和阿拉斯加人迥然不同。

　　远藤终于完全"理解"了对方——他们言行合一,极度短视而自利。

　　最糟的状况恰恰发生在真正理解之后。正是理解才导致极度的敌意充斥远藤一行三人的头脑,而在发现对方有人违反约定偷偷带了一把手枪后,远藤的战斗本能爆发,他率先发起攻击，对方猝不及防被抢下了枪，另外两个慈爱社区代表则在远藤的带动下也冲上去与对方厮打起来……

"……经过这些天的反思，并且跟心理医生交谈后，我才明白不是共情机制出了问题，这恰恰是共情机制的正常反应。共情，意味着代入对方的情绪，感同身受，而愤怒和憎恨同样是可以感同身受的。我完全感受到了他们以憎恶和愤怒为主的敌对情绪，这触发了我的'战或逃'反应，于是我也产生了同样的情绪反馈。"

远藤说到这里，深深吸了几口气，稍稍冷静了一下才继续说下去。

"就像是爱和关怀能够形成正反馈而加强，负面情绪也能形成正反馈放大的效果。当时，就是因为理解了对方，感受到纯粹而强烈的负面对抗情绪，所以强化的共情能力引发了更为强烈的愤怒和憎恶,于是我们失控了。

"不得不承认,尽管社区现在采用的重塑方案只是对共情功能进行整体增强,别无其他具有针对性的特殊调整,但这还是无法保证不再有同样的事情发生。经过慎重考虑,慈爱社区管理委员会决定暂时停止增加新成员,并且暂停对现有成员延续重塑的要求。"

大家都能理解委员会的这一决定,社区必须对外表明态度,以削弱事件带来的不良影响。大多数成员都希望风波尽快过去,社区早日恢复正常运行。

然而此次暴力冲突还是逐渐发酵,成为得克萨斯的舆论焦点。政府随后也中止了慈爱社区的重塑术许可,并且通过临时法案禁止任何社区以是否进行了重塑作为审查社区成员加入的标准。

这一事件严重动摇了慈爱社区创立的根基，社区被浓厚的阴云笼罩，不知是否还有云开见日之时。

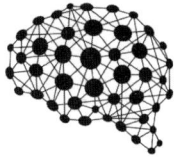

重塑镜像神经系统,对人类来说意义何在?

要解答这个问题,就必须回顾一下镜像神经元与人类历史、文化的关系。

镜像神经元已经在猿猴、鲸豚、犬科等许多哺乳动物的脑中被发现,甚至在鸟类的脑中也有相同功能的神经元。镜像神经系统为动物提供了理解同类行为意图的途径,为种群文化的形成打下了基础。

广义上的文化,包括文字、语言、建筑、饮食、艺术等,涵盖了人类通过社会学习传播的各种现象,大致上可以用一个族群的共通生活形式来指称。迄今为止,地球上只有人类发展出了高度复杂多样的文化。

可为何在拥有镜像神经元的动物中,唯有人类能够脱颖而出呢?对鸟类鸣唱与镜像神经元关系的研究或许能为我们揭示一些端倪。

鸣禽通常拥有发达的发声器官,能发出持续时间长且相对较复杂的鸣唱。美国鸟类学家艾琳·佩珀伯格对鹦鹉的研究证实了它们在语法构造上的能力——它们的鸣唱中有名词、形容词和动词等概念的存在。野生黑顶山雀的鸣唱则被证明含有语言组合。关于椋鸟的研究也表明,它们的鸣唱可能具有递归结构。一些研究者认为,部分鸣禽的鸣唱已经可以被视作语言。

而鸣禽的鸣唱和它们脑中的 HVC(高级发声

中枢)息息相关。科研人员发现,沼泽麻雀在听到自己歌唱过的曲目时,从 HVC 投射到 X 区域的神经元会被高度激活,并且和曲目中特定音节出现的时间精确吻合。在许多方面,沼泽麻雀的HVCX 听觉运动神经元与灵长类动物的视觉运动镜像神经元非常相似。

再回过头来看看人类,一些考古研究认为,约二百三十万年前的能人就已经具有发展出原始类语言系统的可能;在二十万年前,人的脑容量达到了顶峰,据推测智力和现代人几乎没有差异;然而直到十万年前,具有行为现代性的智人出现的同时,更复杂的语言才开始发展。美国神经科学家拉马钱德兰认为,更为复杂的镜像神经系统是人类模仿学习能力提高的基础,它最终促使了包括语言在内的文化爆发。

这些研究表明,镜像神经系统、文化、语言和进化之间存在着密切关联。

例如，鸣禽通过鸣唱实现了社会性学习传播，形成了属于族群的特有文化，而鸣唱文化在求偶时发挥了重要作用，又影响了它们的进化方向。

或许鸣禽正在经历的阶段，人类早在百万年前就已经历过了。今时今日，人类依靠自然选择形成的进化机制已经相对停滞，远远赶不上科技和社会的发展速度。然而当科学技术发展到一定程度后，又为人类进化揭示了一条新的道路。

这条新的道路，便是通过科学技术直接干预和改变大脑运行机制。仅仅是镜像神经系统的解码和重塑，就已经为我们展现了众多可能性，至于更深层次的意识和智力层面的重塑，势必将给人类带来突破性进化的可能。

无论是否愿意面对，人类都已经来到了这个关口，我们已经有能力对自然界最为精妙的造物——

大脑进行改造。尽管有众多先行者的失败和挫折摆在眼前，但我们总不能一直止步不前。

眼下的失败和挫折不会阻挡人类在进化之路上继续迈步前行，最重要的问题在于，我们对此应抱持怎样的态度，又该维持怎样的步调。

$\angle$18

"贫民窟教父"、心理告解师索尔：

……经过长期努力，我通过代偿功能恢复了理解能力。固然，这种机制相比"原装"的要缓慢一些，但在日复一日的训练和使用后，它逐渐变得更快速和准确了。

之后我的经历想必大家都略有耳闻，我尽力消除了帮派间的冲突，改善了贫民窟的暴力和贫困问题。如今我以心理告解师的身份站到这里分享我的过往，希望大家能从中有所领悟。

我做过些什么其实不太重要，关键问题是：我在为什么目标而努力？我又是如何找到这个目标的？

当我因重塑而失去了理解和共情能力之时，我为自己永久丧失了常人所拥有的心理功能而极度沮丧，对变得混沌而陌生的世界感到恐惧。我躲进了医院，然而自我隔绝并未带来任何改善，就像是在毫无方向的乱流中漂荡，我仍旧感到无能为力，陷入了更深的自我怀疑和持续崩溃之中。

在混沌和迷惘中沉沉浮浮，我绝望地胡乱挥舞双手，无意中抓到一些过往的回忆。那是母亲同意我收养小狗时的喜悦，是哥哥菲利斯替我顶罪时的感激，是一些温暖而让人满足的情绪。

尽管我当下无法再模拟感受他人的情绪，但经由回忆这些过往，我能够模拟出当时的伴生情绪，感受到当中蕴含的喜悦和幸福。即便这些爱只存在于回忆里，而且只是出于我单方面的爱，但它成了我的锚，成了周遭的混沌中唯一稳定的支点。

围绕这个支点，我慢慢拾起了更多的记忆片段。每一次回忆，我都能从中汲取温暖和力量，而每回忆一次，这些片段就变得更加清晰，伴生的情绪和感觉也更为强烈。在反复提取回忆、重现伴生情绪后，这份爱变得无比纯粹而强大，我找到了今后生活的中心，那就是我的家人。

不怕坦白和大家讲，之后我所有的努力都是为了家人。

为了让家人不再操心，我开始努力寻找回归社会的办法，训练出了代偿理解能力；为了改善家中贫困的境况，我替帮派想出了收益最大化的策略；为了让家人免于帮派冲突带来的暴力伤害，我尽力促成帮派间的联合；为了让家人都能走上正途，我促使帮派联合体与政府紧密合作；最后，为了让家人能长远地享受和平与文明，我行遍世界讲述和分享自己的故事，也以心理告解师的身份倾听他人的故事并将之分享出去，希望听众们能从中获得感悟，认识到相互理解与包容的重要性，阻止世界陷入分裂和敌对的境况。

或许有人会说，我的出发点有问题，当下我已经无法理解和感受他人的爱，却在说什么爱和理解。其实不如换个角度去想，我的所作所为为这个世界带来好处了吗？在对他人的行为上体现出爱了吗？

在共情机制的解释里，爱他人其实就是爱自己的延伸，让他人获得喜悦和快乐，便是让自己获得了一份同样的感受。假如只看现实结果，我难道不是经由让他人更加快乐，而最终使自己获得了内心的喜悦和满足吗？

在我述说的故事中，有人失去方向不知所措，有人做出错误的选择付出了惨痛的代价，也有人和我一样走上了正道。其中最重要的领悟在于，必须彻底地内视反思，真正地了解自己，找到属于自己生命的中心，才能看清方向，做出正确的选择。如此一来，即使前路充满泥泞险阻，你也拥有了一步步跨越挫折向着正确的未来坚定前行的动力。

我由衷希望大家都能找到各自的支点，找到生命的中心，并围绕它而行动起来。只要人人都能做到这一点，整个世界就会朝着正确的方向行进，成为和谐美好的人间乐土。

19

加兰教会教职人员罗莎琳：

我相信一切皆有意义。

所有过往的经历，都是圣主为每个人安排好的，我们有时无法理解其中的意义，那只是我们还没有理解圣主安排的奥妙而已。

在谢尔盖遭遇不幸后，我一直在思考，为何圣主要这样安排他的命运？这是希望他从中获得什么启示呢？我想了很久都没有想明白。谢尔盖或许算不上最虔诚的人，但他所追求的正和圣主希望世人所做到的一样。谢尔盖用自己的实际行动做出了改变，以身作则散播了圣主的美德，却落得如此悲惨的下场，圣主的用意何在？

而如今我已经明白，谢尔盖完成了他的使命。圣主为他所做的安排，其实是想让我们这些旁观者获得启示。

谢尔盖是榜样，他为我们提供了一种更好的实践方法，从中我们可以获得超越自己、有效实践爱与仁慈的力量。

爱与仁慈是教会始终不变的目标，我们不断地从过往记载中了解圣主的事迹，为的就是将爱和仁慈铭刻于心，并将其融入我们的一言一行中，以此带动更多的人进入这善的循环。

然而"信"是一回事,"行"则是另一回事。即使能相信和有决心,实际也未必可以做到——知行合一并不容易。在实践中人们总是会遭遇各种各样的阻碍,哪怕是我这样花费了比其他人更多的时间和精力侍奉圣主的人,也偶尔会有冲动或疏忽的时候。谢尔盖的出现,或许就是为了向我们展示这样一种可能——再暴戾冲动、被严重心障阻挠之人,也可以借由某种手段摆脱知行无法合一的困扰。

我跟其他教职人员展开了讨论,他们或多或少都能理解我的想法。随后我发起了一项行动——让教职人员去和所有跟谢尔盖有过接触的人交谈,了解他们对谢尔盖的看法,并且询问他们是否认同谢尔盖的做法。依据大家的反馈,我们再度讨论后得到了共同的结论：谢尔盖的使命就是为了启发我们，而我们应当循着他所指明的路继续走下去。

我率先追随谢尔盖的脚步，进行了镜像神经重塑术，施术方案和谢尔盖的基本相同。但我不能在激发表征的选择上重蹈他的覆辙，因此我选择了圣环而不是圣主之像作为启发表征。而且，我选定的形状只是大致上为圆环，更具体的宽窄比例、花纹颜色等细节都是只有我自己才知道的秘密。这样一来，就只有我自己能够通过想象这个圆环而激活特定的镜像神经系统反应，获得可控的激发情绪的力量。

经过半年的秘密实践，我们并未发现这个方法有什么缺陷，于是其他教职人员也纷纷接受了重塑术。就像是讲经分享心得和经验,我们认为这是好的,而且亲自实践过确认没有坏处,便决定对大家公开。之后陆陆续续地,有大半教众追随我们,在各自的心中刻下了属于自己的圣环。

当我等在现实中遇到困难和阻碍,需要向圣主寻求力量时,就可以想象各自的圣环,激发内心所对应的圣主的情绪和反应,也就和让它附身于己相差无几了。有经文讲道:"圣主之灵存于每一圣环,而圣环所立之处,岂非皆是圣主的圣殿?"或许通过重塑术,我们前所未有地接近了这一状态。

固然有一些教众和其他教会人士并不认同我们这一做法——有人认为这样的改变并非出自本心,是邪道必须抵制;有人认为这是借助外力的做法,是投机取巧不可宣扬……然而我们并不会因此否定谢尔盖,改变加兰教会如今的做法。

扣心自问,不管论心还是论迹我们都无愧于圣主。不妨思考这两个问题:我们的做法,是否让教众更接近圣主的教诲?这么做的人,有没有为世界带来更多的爱与仁慈?答案显而易见。

我想,这就说明了一切。

20

强化共情连锁教育机构创始人崔金实：

　　我们在课堂上会使用"合法且无副作
用"的 VR 头盔辅助教学，在标准的每周两
次的课程中激活学员的镜像神经系统，加强
他们的基础共情反应。同时配合相应的沉浸
式虚拟场景进行演练，让学员能够从中感受
强化过的正面情绪，改善他们的共情能力。
　　参加学习班的学员多是亲子组合，有希

望加强沟通理解改善家庭关系的，也有希望孩子在学校里能更合群的。除此之外，还有正处于离异边缘的夫妇、刚开始同居的情侣、在工作中受到排挤的职员等。大体而言，课程的作用是通过加强共情体验，学习如何理解他人并做出正确反馈，改善人与人之间的关系。

我们保证一切都是"合法而且无副作用"的。这和镜像神经重塑术完全不同，我们不使用磁解干预药物，仅仅是利用 VR 头盔来刺激神经元而已，跟平时正常使用 VR 头盔没多大差别。这可以保证刺激只是临时的，对神经元产生的激活作用会在停止刺激后很快消失，最长不会超过两个小时。

之所以要再三强调"合法且无副作用"，是因为此前的镜像神经重塑术给人们带来了糟糕的印象,有人甚至攻击这是在对人脑进行改造。因此我们十分注意其中的分寸,使用的头盔是向索尼定制的特别版本,而且会定期邀请第三方机构检验并公示结果,保证所有神经刺激都是临时性的,强度也不会高于人脑本身自发的神经元激活强度。经过三年时间、全球范围内超过五千个网点的实践,未出现一例生理机能异常或病理性变化的案例。

而激活神经元的目的只是进行辅助性引导,帮助人们学习他们此前并不熟悉的感受。就像是自行车的辅助轮,只是帮助初学者在不摔倒的情况下先行体验,然后慢慢掌握骑行的能力。在不干预自我意志的前提下,学员得以安全可靠地完成"体验—学习—掌握"的全过程。

我们相信,理解他人的想法和情绪是人的本能,只不过一些人在成长的过程中缺乏学习才导致其不善于和他人相处。只要有意愿和决心,任何人都能够拥有这种能力。

21

"绝对平等促进组织"首脑格拉汉姆：

　　别把我跟慈爱社区那帮家伙相提并论，
他们只不过是小打小闹而已。理解和关爱？
目光短浅。这个世界面临崩溃的根本原因并
非是缺乏爱和理解。

　　明白我在说什么吗？

　　我在说的是平等！

　　只有平等才是核心中的核心、关键中的

关键、本质中的本质！

别不肯承认，人类生来就是窃贼、强盗和骗子，为了生存可以不择手段。尽管数千年的文明发展多多少少约束了这些本能，但我们无法跳出生理结构决定的大脑机制限制。几万年来我们的大脑机制基本没有变化，然而社会生活却从小规模分散部落的采集、狩猎，发展至大规模聚集社会的工业化生产和数字化运行。

也就是说，我们在试图使用架构老旧的原始人大脑来解决现代社会问题，这怎么可能？

说到这个，慈爱社区那些家伙倒也有值得夸奖的地方——好歹他们意识到了我们大脑机制的落后脱节，肯去尝试和拥抱新技术，来帮助自己摆脱生理机制的固有缺陷。

但是，他们的眼光还是太狭窄了，既然有这样的觉悟，为什么不去思考更加根源性的问题？

最根本的问题——不平等！

慈爱社区的想法因为什么而出现？气候环境危机。气候环境危机的起因是什么？自私自利。自私自利逃避保护环境的责任，不闻不问试图置身事外，结果导致部分地区率先受到威胁，有些人甚至付出了失去家园的沉重代价。

这就是责任不平等的后果。

我想给他们一个建议，别再搞什么小家子气的封闭小社区、环境保护活动，不如直接放眼更大的目标：推动立法强制全州、全国甚至全世界人民都必须做强化共情的重塑手术，这样才能更快更彻底地实现他们的终极目标——世界范围的爱和理解，对不对？

从这个角度来看，他们的终极目标也包含在我们的终极目标——全人类的绝对平等之内。

这个目标太含糊，不够明确？我当然可以给出不含糊的、明确的阶段性目标——在当前的社会和技术条件下，消除身份区别所带来的歧视情绪反应。

技术手段为：通过镜像神经重塑，屏蔽对肤色、体征、外貌等的表征识别能力，消除对身份和外表的生理情绪反应差别。

具体实现途径为：推动地区、国家、世界立法，强制全人类实施这一永久性镜像神经重塑术。

没有种族歧视、没有肤色歧视、没有性别歧视、没有外貌歧视、没有年龄歧视，这就是通往绝对平等的第一步。

够明确了吧?

当然会有人说这太激进、太极端了,可我们不在乎。必须有人站在最前方,必须有人引领方向。我们是先锋,是最锋利的矛头,我们决不妥协!

22

慈爱社区创始人远藤：

　　我始终相信慈爱社区的理念没有错。至于我在那次谈判中所产生的暴力冲动，只是因为大脑机制的"缺陷"而已。

　　这种负面反应的产生，跟一种叫内外群体判别的机制有关。我们看到亲近的朋友、家人等"内群体"受到伤害，与看到陌生人甚至是敌人等"外群体"受到伤害时，大脑所产生的反应倾向是不同的。对于"自己人"，我们倾向于正面反应，想要保护和帮助他们；对于"外人"，我们倾向于负面反应，产生憎恨或是报复的情绪。

大脑对内外群体的反应差异，可能导致具身模拟机制中的"判断"环节产生截然不同的结果。

对内群体的"自己人"来说，我们会放大对方所表达的正面情绪，并且和自己的正面情绪叠加，形成正反馈增强，即使对方传达的是负面情绪，我们也会倾向于产生正面情绪，与之抵消；而对外群体的"外人"来说，我们会倾向于漠视对方表达的正面情绪，而对其传达的负面情绪则会报以放大后的负面情绪，进而形成叠加增强。

简言之，我们天然地倾向于对"自己人"

友爱仁慈，对"外人"无情狠辣。

这一"人之常情"存在于具身模拟机制的"判断"环节中，而它在被整体增强的共情机制放大后，便产生了谁也不愿见到的结果。

有人认为这完全动摇了慈爱社区的根基，暴露了镜像神经重塑术的弊端，但我认为他们误解了慈爱社区的宗旨——重塑术只不过是手段而并非目的。既然这次事件暴露了这一手段的缺陷，我们自然需要面对并设法克服。

同样，这也不是"强化爱与理解"理念的错，而是大脑区别对待内外群体的固有机制被极端放大的结果。在我看来这已经是一种过时的机制，或许在蛮荒时代这一机制有利于人类种群的延续，但到了现代则成为社会文明发展的障碍。对于这种落后于时代的判断机制缺陷，只有进一步深入研究具有针对性的镜像神经重塑术，才能有效地改善。

长远来看，人类的全部脑区迟早会被解码，我们将获得完全掌控自己大脑的能力，根除一切大脑机制中的原始缺陷；但就目前而言，人类对大脑重塑的态度普遍过于保守，或许墨守成规、故步自封也是一种人脑的固有缺陷。

在经历了此次风波后，我获得了更清晰的现实图景，因此决定做出改变。今后我会减少花在慈爱社区的精力，不再全力投入建设和推广，这方面的工作我会转交给其他人去负责。但这并不是放弃，我始终相信慈爱社区的建设理念，只是我要调整方向，慈爱社区的建设已经不是目前实现全世界的理解和关爱最有效的途径了。

广泛的社会认知错误和分歧、文化和情绪导致的思维惯性痼疾，才是当下亟待扫除的最大障碍。

在我身上产生的暴力冲动便是例证，人类历史上多数残忍血腥的战争同样如此。不同地区、种族、宗教、文化所带来的分歧和割裂，仅仅靠强化共情是无法弥补的。如果在认知根源上都背道而驰，那么大脑就无法启动怜悯和理解的反应，而是会激发仇恨和愤怒。

在愈演愈烈的保守主义氛围下，大众依靠内外群体定义自我，区别对待"自己人与外人"的固有情绪机制所导致的割裂与隔阂，或许在将来的很长一段时间里仍旧只能通过沟通交流这一途径尝试缓解。

我的想法已经得到了慈爱社区一些核心成员的支持，尽管接下来具体要怎么做还没有头绪。大致上我们的新目标是成立一个秉持慈爱社区理念的组织，这个组织将更注重转变公众的认知。

正如兴起于二十世纪中叶的非裔美国人民权运动，在无数人的不懈努力下，南方种族隔离结束了，黑人和白人群体间的隔阂削弱了，有更多的人通过了解改变了自己的认知偏见和歧视，即便从未有镜像神经重塑术这类技术手段参与其中。

可以预见，这条曲折的道路上布满荆棘，但我相信，只要持续努力，迟早能够抵达那个充满爱与理解的未来。

生而为人，心怀慈悲

/ 柒　武

　　这篇小说的创作源起于新冠病毒感染疫情初起的那段日子。

　　当国外的负面消息不断传来，尽管逝者与我素不相识，我还是从中感受到了深深的哀恸。可以想见，他们的亲朋好友必定陷入了更加深切的痛苦中。我发现自己的情绪长期处于低迷状态——这种状态并不健康，我一时却也找不到有效的对策，这种无力感便留存在我的记忆中。

　　后来回首那段时光，我不免思考，明明新闻

报道里的受难者都是与自己毫无关联且远在千万公里外的陌生人,却仍让我心生悲悯,这种同情心究竟从何而来?产生这种情感的根本机制和起因又是什么呢?

在简单搜索资料后,我发现意大利科学家里佐拉蒂和加莱赛等人早在二十世纪九十年代就在人脑中发现了镜像神经元,这类神经元主导了我们大脑中复杂而深刻的一系列情绪和认知反应,其外在表现可以用"感同身受"来概括。

或许,在充满消极情绪的那段日子里,我的潜意识是如何阻断这种感同身受,于是,"如果一个人失去了同情心会变成什么样子"成为我新的创作灵感,我开始构思如何尽可能地贴近现实、科学地阻断同情心,用什么样的知识和技术才能实现阻断,阻断后大脑的各项功能和反应又会发生什么变化……

但在进一步了解了相关研究后，我意识到同情心并非是可以整体移除那么简单的存在。镜像神经系统的具身模拟机制十分复杂，它不仅与情感相关，还与感觉、运动、认知、意识等都有着盘根错节的联系。就我个人看来，镜像神经系统与具身模拟机制，是决定人之所以为人的关键——人一旦失去同情心，就会变得残忍冷血；假如人类都失去同情心，恐怕连群居的能力也会丧失，建立社会文明更是无稽之谈。

随着对具身模拟机制研习的深入，我越发感觉到相关科学的错综复杂，在小说中全面展开阐述无疑会让作品显得冗长晦涩。但从个人偏好而言，我又十分喜欢设定详尽、技术内容丰富的小说，况且要寻找一个有充分拓展空间的创意方向并不容易。因此，我决定继续沿着这个方向展开旅程，将原本设想的短篇扩展到中篇长度。

最终，考虑到技术细节的复杂性以及仅凭一两位主角很难将故事内容完整呈现，这篇小说采用了多角色故事与其所涉及的技术解释交替叙述的架构。我希望读者通过不同角色在镜像神经重塑技术普及的世界中或随波逐流、或奋力挣扎的经历，获得阅读乐趣。

而纵观整篇小说，其真正的立足点其实是人类与镜像神经重塑技术之间的关系——从最初的甜蜜欢愉，到后来的低落消沉，最后两者注定要走向和解——毕竟未来的主导权掌握在人类手中，人类要走向怎样的未来，终将由人类自己决定。

我认为，镜像神经系统和具身模拟机制给予人类最宝贵的礼物，是慈悲与爱。无论是在小说中还是在现实中，我都对此深信不疑。

评论

海南科幻文学的绚烂火花

——评新锐科幻作家柒武
及其《感同身受》等作品

/ 柯　渔

　　作为一个科幻文学爱好者,我很乐意向大家介绍一名年轻的新锐科幻作家——柒武。

　　我觉得挺幸运的, 因为我和柒武都是海南人。在这个可居住面积狭小、人口相对稀少的海岛上,科幻文学难免比较沉寂。得知岛上居然有一个执着地热爱科幻文学并且创作成绩不菲的柒武时,我感到十分欣慰。

　　柒武是百花文艺出版社旗下的科幻文学期刊《科幻立方》精心培养的作家,而我本人,也曾经在《科幻立方》上发表科幻小说。但是,不管是数量还是质量,和柒武相比,我都是甘拜下风的。我也是他的忠实读者,他的《太空中的抹香鲸》《神迹:僵死定律》等科幻小说,立意新奇,风格独特,想象超前,每一篇,我读后都回味无穷。

2021年盛夏,在海南清水湾的"星云奖"颁奖会场,我和柒武初次见面。这个年轻人自信、开朗、低调、谦虚,在谈吐中总有一些独到的见解。对于他,我很有相见恨晚之感。

年底,佳讯传来,柒武的科幻小说《真实表演》在众多优秀作品中脱颖而出,一举斩获第十九届百花文学奖·科幻文学奖。作为他的朋友及同为海南的作者,我的内心振奋、沸腾不已。

百花文学奖由百花文艺出版社主办,是全国文坛的重量级奖项,早就备受瞩目。柒武夺取百花文学奖,无疑为海南文学界赢得了莫大的荣誉,我很为他骄傲。勤奋的柒武,凭着一腔热情和卓越的才华,经过多年笔耕,终于点燃了海南科幻文学绚烂耀目的火花。

如今,柒武的单行本科幻小说《感同身受》由百花文艺出版社出版,我更是倍感欢欣,忍不住提笔撰文,和大家分享这部佳作。

我觉得,相比《真实表演》等作品,《感同身受》在故事构思、叙事技巧及主题意旨上,都实现了不小的跨越。

这是一部格局宏大、思想深刻的作品,兼具科普及文学价值,行文流畅,通俗易懂,导向正确,从科幻视角探讨了人类在面临生活的变故时如何调整心态,设身处地地为更多的人谋取福利。我很感谢柒武又给我带来一次崭新的阅读体验,也让我有理由相信,这部作品一定会获得万千读者的喜爱!

柒武是海南极具潜力的青年科幻作家，前景无限。可是，一枝独放不是春。与全国科幻文学蓬勃发展形成鲜明对比的是，目前海南的科幻作家及科幻作品寥若晨星，缺乏生气。

因此，我很迫切地希望，柒武今后能再接再厉，推出更多更好的科幻作品，擎起海南科幻文学的一面旗帜，并以此凝聚足够多的本土作者，为振兴海南科幻文学而共同奋斗！

最后，衷心地祝福柒武，祝愿海南的科幻文学早日迎来百花齐放的春天！

手账

来源于日本，标准写法为『手帐』（手帐 てちょう），指用于记事的书页

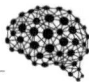

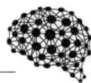